Et si l'amour n'était qu'un jeu …

Edition : Books on Demand,
12 / 14 rond point des champs Elysées, 75008 Paris
Impression : BoD - Books on Demand Norderstedt, Allemagne
ISBN : 9782322158096
Dépôt légal : juin 2017

Chapitre 1 : LE PARI

Ce soir là nous étions quatre, attablés, prêts à en démordre avec les cartes. Seule Katarina manquait à l'appel. C'était la fille de la bande. Elle n'avait pas pu se libérer, retenue, selon toute vraisemblance, par une affaire de cœur. Une nième rupture à n'en pas douter. Une déception sans précédent une fois de plus. Elle ne s'en remettrait pas, comme toutes les autres fois où catastrophée par sa condition de femme seule, elle avait pensé partir en exil loin, très loin, à l'autre bout du monde à la recherche de la paix intérieure rendue accessible par la plénitude et le calme d'un utopique Ashram perdu dans la campagne indienne, sorte de communauté des béatitudes pour occidentaux en manque d'exotisme et de boboitude. Elle devait donc être en plein cataclysme émotionnel, lequel céderait bientôt sa place à une curiosité insatiable de nouvelle rencontre ou de nouvelle attraction sociétaire, aussi éprouvante soit-elle.

Katarina était une fille superbe, pas seulement physiquement. Ok, elle était grande, blonde, stéréotype parfait de la « bimbo » trentenaire en manque d'amour ; naïve aussi au point de tomber follement amoureuse du premier adonis beau parleur venu. Mais voilà, ce qui la rendait vraiment exceptionnelle, c'est justement, qu'au fond, elle n'était pas vraiment celle qu'elle paraissait. Elle avait les pieds sur terre, la tête loin des nuages et les idées bien au sec. Une fille droite, belle, intelligente dotée d'un grand sens de la justesse, qui rejoignait parfois dans un certain excès une forme d'humour. Mais une femme quand même avec ses faiblesses, son irrémédiable envie d'être prise dans les bras d'un père, d'un compagnon, d'une icône masculine forte quoiqu'il en soit. Une énigme donc pour ceux qui cherchent une compagne de vie car elle savait où elle voulait aller et surtout là où elle ne voulait pas finir. En bref, un vrai casse tête humain pour tout macho normalement constitué qui aurait voulu imposer sa loi. Trop problématique donc. Trop torturante.

Pour résumer, une adorable chiante…

Revenons à la soirée, à la table des joueurs. Georges rassemble les cartes devant lui, écarte son verre de vin, du Bordeaux primé médaille d'or par les producteurs indépendants régionaux, et se met à les mélanger avec la dextérité qui le caractérise. Pas très concentré, plutôt taquin même, il nous regarde avec un air fier de lui tout en faisant voltiger les cartes entre ses mains. Il n'en perd jamais une en route. Maintenant bien au chaud les unes contre les autres, entremêlées, les cartes n'attendent plus que la donne, libération ultime d'expression de leur essence même. Georges est un gars sympa, drôle et toujours prêt à s'amuser.

A sa gauche, Vince, la petite blinde. C'est le ténébreux du groupe, le serial lover, lover malgré lui, quelle gageure ! Beau brun, grand, costaud, yeux bleus, un tantinet en mal d'assurance, le tombeur de ses dames. Un peu à la Hugh Grant, mais en moins maigrichon et en beaucoup moins « has been » ! Il est de son temps Vince. Ce soir, il joue gros. Il n'a pas gagné de partie depuis au moins trois mois et commence à se questionner sur le bien fondé de ces soirées poker entre amis pour se détendre. Finalement, il passe la grande majorité de sa soirée à attendre « la » bonne main. Les trois quarts du temps, il n'a pas de jeu de la soirée. Quelques fois, une paire d'As lui tombe entre les mains. Son cœur se met alors à s'emballer, ses pupilles se dilatent, ce que toute la table peut voir lorsque l'on prête un minimum d'attention aux émotions de ses compagnons de jeu, et surtout, indice parmi les indices, son comportement change. Il commence à s'agiter et à parler plus qu'à l'accoutumée. Un petit rictus nerveux lui pince le coin des lèvres.

Preuve fatale, lui, si timide et timoré dans son jeu, n'hésite plus à miser, voire à relancer. Un livre ouvert qui stoppe vite son projet ambitieux de tous nous plumer.

Il doit donc une fois de plus se contenter de quelques os à ronger. Une fois, il a failli nous avoir, failli seulement. Ce soir là, ce fut incompréhensible. Le genre de soirée qui vous échappe, sur laquelle vous revenez plus tard bien après consommation. Vous vous dîtes alors à quel point c'est bien d'être vivant, à quel point la surprise est bonne. A cette fameuse soirée donc, il affichait un self-control à toutes épreuves. Il devait être moitié endormi. Je crois bien qu'il nous aurait tués si ce n'était pas la vie en personne qui avait stoppé net la partie. Paire de dames servie dans ses mains, un roi au flop, une dame au turn. Je m'apprête à retourner la dernière carte quand le portable de Georges se met à sonner. Silence. Carole's speaking. Carole, sa moitié depuis 6 ans déjà. Georges en décomposition, les lèvres tremblantes, un léger sourire en coin, les yeux humides. L'excitation. Tout va vite, tout s'enchaîne de manière très décomposée et en même temps tellement compréhensible, un peu comme du morse. Les bras de Georges se lèvent, le téléphone vole, des cris, ses cris à lui : « ça y est, je vais être Papa, Carole a perdu les eaux ». Au moins le petit, lui, n'en aura pas fait … de vieux os. Seulement 8 mois et le voilà de sortie, un petit curieux sans doute. Branlebas de combat, tout le monde sur le pont, les femmes et les enfants d'abord, la partie de carte attendra ou plutôt n'attendra pas. En route pour l'appartement de Georges. Hop Carole dans la voiture. Hop, direction l'hôpital. Dans mon élan, j'écrase hargneusement la dernière carte sur la table, tout tourneboulé par la tournure «saignante » que prend cette fin de soirée. Une dame, une de plus, celle que Vince attendait secrètement depuis des siècles.

Mais la guerre des « Quatre » dames n'aura pas lieu. Vite les manteaux, et nous voilà partis. Mais bon, je digresse, revenons plutôt à notre soirée.

Retour à la table et à cette soirée qui va changer le cours de mon existence. Un fils, non, une fille, non plus, mais un commencement tout de même, un tournant de vie… un vrai.

Le dernier compère s'appelle Jean Michel. Force Tranquille. C'est comme ça qu'on le nomme. Une vraie « pâte ». Un peu bourru, il affiche en toute circonstance un calme olympien et un sourire bonasse qui lui font traverser les plus grands obstacles avec une facilité déconcertante. Ce gars est un mystère pour nous tous. Aimable en permanence même quand il hausse le ton. Prénom improbable pour un jeune homme né en Bretagne dans les années 80. Physique atypique bien que rassurant par son manque d'originalité ; esprit pétillant aussi. JM a une vie que j'envie.

Il est marié depuis peu de temps à Nathalie, une jolie brunette qu'il a rencontrée en jouant de la guitare électrique dans une soirée « Métal ». Oui, oui, lui-même. Jean Miche Miche avec une guitare électrique au milieu du cuir, des strass et des tatouages en train de gueuler (il n'y a pas d'autre terme) à en perdre la voix, la raison aussi. Ils sont heureux, ont acheté un petit pavillon de banlieue proche de Paris (forcément c'est la banlieue) et prévoient de faire plusieurs enfants. Une vie commune, sans surprise apparente mais sans plus de contrôle que cela. JM se laisse bercer par la vie avec la confiance du lendemain. Pas de peur, pas de crainte, pas de doutes inutiles ou destructeurs, juste le désir de croire en son destin. Il n'a pas de plan non plus. Juste le souhait de profiter de ce qui lui est donné. Le repos au naturel, le bonheur au quotidien, à vivre sans se forcer, juste en lui ouvrant les bras, en écoutant la musique vous guider. Ce que chacun de nous devrait pouvoir faire, mais c'est sans compter sur ce que l'on qualifiera de perplexité humaine.

Nous sommes donc tous les quatre à nous observer, à nous jauger pour élire le bluffeur de la soirée. Certains ne quitteront pas la table sans y laisser des plumes. Le vin coule à flot. Les bouteilles se vident, elles regagneront toutes le container à verre avant d'être recyclées pour une seconde vie. Médaillées ou pas, elles trépassent. Les heures aussi passent. La fin de la soirée approche. Nous ne sommes plus que trois à jouer. Vince a rendu les armes ; éternel Vince. Il est tombé sur un brelan de 9, la couleur de JM a eu raison de lui. Georges est tombé de sa chaise, deux fois, mais en attendant, c'est lui qui cheapleade. JM n'est pas loin derrière. Je n'ai plus beaucoup de jetons. Je devrais être le prochain à quitter la table. Mais voilà, l'appel du jeu. L'espoir, toujours l'espoir ; l'alcool aussi peut-être font que je ne veux pas quitter le jeu ce soir sans avoir tout tenté. Il me faut remporter le combat. On en a vu des retournements de situation. Il paraît même que les miracles existent, à condition d'y croire très fort et surtout d'être patient. C'est d'ailleurs ce que m'a dit mon patron lorsque je lui ai demandé ma dernière augmentation.

C'est au tour de Georges de dealer. Le mélange des cartes est maintenant approximatif. La vitesse d'exécution est plus déroutante qu'impressionnante. Enfin le premier tour de table de cette hypothétique dernière partie en ce qui me concerne. Roi et dix de pic. Voilà mon jeu. Sur la table, neuf de pic, quatre de cœur et as de pic. Qu'il est beau tout ce noir sur la table. Je vise la couleur, bien sûr. 1er tour : prudent, je n'ai quasiment plus de jetons, je check avec hésitation pour ne pas attirer l'attention. JM, imperturbable, check à son tour attendant de voir ce que Georges va jouer. Check de Georges. Bizarre mais plutôt rassurant. Le turn. Alléluia, un quatre de pic. J'ai ma couleur avec un Roi en jeu. Je check à nouveau pour ne pas paraître trop impatient et éveiller les soupçons. Je me dis alors que je fais un bon stratège. L'espoir grandit. Il me fait vivre en silence, le plus discrètement possible.

JM ne me regarde même pas. Il est concentré sur Georges, son principal adversaire du soir. Il relance, une belle grosse mise comme il sait faire. Georges sent le coup fourré, hésite, risque de renverser une fois de plus son verre de vin, met dangereusement une fesse hors de sa chaise, retrouve son équilibre et jette négligemment mais en grommelant des sons incompréhensibles les jetons nécessaires sur le tapis pour relever le défi. Je suis. Je mets donc mon tapis, tout riquiqui.

Il n'atteint même pas la valeur du quart de la mise de JM. Mes adversaires me regardent alors interrogés. A quoi joue t-il ? A quoi joue-je (pour le fun) ? Doivent-ils compter sur moi ? Aurai-je finalement du jeu ? Georges essaie d'en savoir plus et me regarde droit dans les yeux. Ce n'est pas beau à voir. Nous n'arrivons même pas à nous fixer à deux mètres.

Nos yeux divergent dans tous les sens. J'ai l'impression qu'en fait, il scrute mes nouvelles rides de front. Je crois qu'il n'arrive pas à tenir le cap. Eh, tout droit, de chaque coté du nez. Rien à faire. Son état d'ébriété n'est pas du bluff. J'ai un coup à jouer. Il est rond, pour sûr. Quant à JM, c'est un bluffeur de première. Il n'a rien non plus, j'en suis sûr. Rien de plus qu'une assurance démesurée. 3ème tour : alors que je suis encore dans mes pensées à me questionner sur le peu d'intérêt que j'ai à remporter cette partie (le gain potentiel pour moi est minime), Georges retourne la dernière carte. Neuf de carreau. C'en est trop. Il me faut agir. Je vais gagner cette partie et veux qu'elle soit lucrative au possible. Alors que Jean Michel joue à son tour son tapis, je lance un grand, fort, mais pas très distinct car un peu enivré, « STOP », qui réveille Vince affalé sur le canapé depuis près d'une heure. Messieurs, mes amis, je demande audience. Le ton devient presque solennel. Puis je déroger à la règle ? Voilà, je souhaite pouvoir donner plus pour me caler sur vos mises.

Pas possible, tu n'as plus de jetons me rétorque JM. Tu as joué petit toute la soirée, tu gagneras petit. Georges semble d'un autre avis. Il dodeline une fois de plus sur sa chaise. Hésitation, quand tu nous tiens.

Pourquoi ne pas jouer ? Tu veux jouer, alors jouons. Ok, dit-il mais la mise est lourde, alors il va falloir donner… Un pari ? Mais au préalable, il doit s'entretenir avec JM. Un pari, ça ne se prend pas à la légère, surtout à 2h du matin, tout devient lourd, des paupières à l'enjeu en passant par mes camarades de jeu. Et voilà mes compères en cuisine pour débattre à huit clos. Que mijotent-ils ? Vince les rejoint, réveillé par l'originalité de l'évènement.

Un bon quart d'heure passé, alors que je suis à moitié endormi sur la table, le « trois » clos regagne la table. Les trois maniganceurs sont plutôt souriants. Je dirai même plus, fiers d'eux. Mauvais signe. Georges marche de nouveau droit. Il s'est refait une petite santé dirait-on. Vince sautille un peu plus loin. J'hallucine. Qu'on t-il bu dans cette cuisine ? Je n'ai pas le temps de m'appesantir sur la question. Georges prend la parole. Voilà ce que l'on te propose Max. Max est mon nom. JM et moi jouons chacun notre tapis, c'est bien au-delà de tout ce que tu peux espérer gagner ce soir, en contre partie, toi, tu mises sur un pari. Roulement de tambours. Faîtes sonner les clairons.

Le pari : un mariage ; TON mariage ! Si tu perds, tu devras te marier avec qui tu veux sur cette Terre mais avant mon anniversaire, soit au plus tard le 03 Septembre, dans trois mois et trois jours.

Attention, crie-t-il, c'est du sérieux, on veut voir l'acte de mariage et la bague au doigt. A toutes fins utiles, le mieux étant d'y participer...

- Ridicule ! Vous êtes fous. Et puis quoi encore ? Vous croyez que je vais jouer mon avenir sur une stupide partie de poker entre amis. Soyons sérieux. Et puis, ça n'a aucun sens, pourquoi ton anniversaire Georges ? Pourquoi pas celui de ta grand-mère tant que tu y es ? Non, définitivement, non.
- De quel avenir parles-tu, Max ? Tu es seul, pas de copine en vue, une volonté farouche de construire l'inconstructible et le courage d'un bœuf qui va à l'abattoir. Voyons, on s'amuse mon ami. C'est à cela que sert la vie. Que risques-tu ? Une belle aventure ? Une façon originale d'occuper ton temps en t'amusant ? Allez, let's go, un peu de folie mon vieux.

Georges est plutôt convaincant en alcoolique philosophe qui analyse la vie d'autrui, prêt à la détourner sans toucher un cil de la sienne. En plus, ils ne vont pas me lâcher. Je leur ai tendu une perche, ils me l'ont prise et me la renvoient en pleine tête avec la violence et la justesse amicales dont font parfois preuve les vrais copains. Rapide tour de table. Vince est au bord des applaudissements, suspendu à mes lèvres et prêt à fêter la fin du spectacle.

JM, serein, me rassure d'un clin d'œil. Aie aie aie, moment de réflexion intense sous neurones anesthésiées, ça sent mauvais. Dur dur de réfléchir. Trop fatiguant ce type de réflexion à cette heure de la nuit. Le suspens ne durera pas longtemps. Allez, hop. Et pourquoi pas ? Pourquoi ne pas aller à contre-courant pour une fois ? Et puis, la question de perdre ou de gagner ne se pose pas. Avec ma couleur, ils vont rire jaune dans pas longtemps. Topez là mes amis.

La fin de soirée s'accélère et me paraît très floue avec recul. Après avoir accepté les termes insensés de ce pari stupide, je me souviens d'une explosion de cris. Mes acolytes écrasant leurs jeux avec folie et jubilation sur la table. Comme ce pari stupide : une pure folie.

Georges tombant une ultime fois de sa chaise, l'écho de ses éclats de rire s'élevant néanmoins jusqu'à moi. JM, stoïque, arborant un large sourire et Vince applaudissant d'une force à m'en faire exploser le crâne. Très vague ce souvenir et pourtant si présent, je revois encore le jeu de Georges : un quatre rouge et un neuf noir ou peut-être l'inverse. Un full pour une soirée de fou entouré de fous et d'un pari fou.

Je m'écroule de fatigue. Je crois bien que j'ai perdu, la raison et un pari stupide. L'ivresse l'emporte.

Je tombe de ma chaise, les yeux dans le vide.

J'ai trente ans et je vais me marier.

Chapitre 2 :   3 MOIS ET 3 JOURS

Quel est donc ce bruit qui résonne dans ma tête et qui me rappelle que j'ai un crâne ? Comment l'arrête-t-on ? S'il vous plaît, le mode d'emploi. Pause. Please. La sonnette de mon appartement retentit de plus belle. Un appui long maintenant. Un fou furieux, un meurtrier, un malade. Fin de sonnerie, la délivrance. Voilà, j'arrive, deux secondes. Ma main droite prend appui sur la table basse qui a partagé ma nuit, pendant que mon autre main fait pression sur mes sinus, histoire de les calmer un peu, le temps de récupérer un aspégic pour les anesthésier. Je me dirige lentement mais surement vers la porte en grommelant de nouveau, voilà, voilà. J'ouvre.

C'est Katarina, toute pimpante qui entre comme une furie dans mon appartement.

- Tu en fais une tête ! Sacrée soirée, n'est-ce pas ? Où sont les autres ? Tu es seul ?

Où sont les autres ? Bonne question. L'appartement est vide. Ils n'auront pas traîné à déserter hier soir. Une fois la bombe lâchée, ils sont partis. Ils pourront assister au carnage plus tard. La bombe est à retardement.

- Alors, il paraît que tu vas te marier. Cachotier. Vince m'a tout raconté. Coup de fil, hier soir à 3h du matin. Antoine vient de me plaquer, je tourne et retourne dans mon lit à la recherche d'une parenthèse nocturne, mais c'est l'insomnie qui s'impose. Triste condition humaine. Vince m'appelle donc, excité comme une puce, disais-je. Il me raconte votre soirée. Du coup, je n'en ai pas dormi de la nuit. Et me voilà, je voulais voir ça en vrai, le parieur de l'année. Le futur marié. Le miracle des surprises. J'ai déjà oublié mes déboires de cœur, grâce à toi Max et à ton tout nouveau mariage. Je veux t'aider à l'organiser. S'il te plaît, dis-moi oui. Me dire non serait me renvoyer à ma dépression de vielle fille seule (moue forcée de Katarina).

- Ola, du calme l'excitée de la dentelle et des choux à la crème. Un café ? J'ai besoin d'une bonne tasse de café. De toute façon, il est hors de question que j'honore ce pari. Nous étions saouls, moi le premier. C'était juste pour rire. Je suis persuadé que les autres ont déjà tout oublié.

- Je n'en suis pas si sûre. Vince avait l'air d'avoir tous ses esprits. Il m'a dit que c'était du sérieux, du genre à gâcher une confiance d'amis à vie si le perdant déshonore son pari...

La tasse de café dans la main, l'air interrogateur devant la conviction de Katarina, je soupire lentement lorsque le téléphone se met à sonner. D'abord la sonnette stridente de 7h30, puis l'impatience névrosée d'une jeune femme en quête d'amour mais néanmoins amie, voilà maintenant l'inconnu du combiné. Décidément, ce weekend end de fin Mars s'annonce sportif. Pas de calme pour les fêtards.

C'est Georges, réunion amicale de fête dans une heure. Ils arrivent. Katarina avait raison. Ils ne me lâcheront pas. Je suis bon à marier. Rectification. Je suis bon pour me marier.

Une heure plus tard, nous voici donc de nouveau réunis autour de la table du pêché. Maudite table de poker. Amen. Pour moi, la messe est dite, pour eux, elle ne l'est pas encore mais ils comptent bien y assister dans 3 mois et 3 jours. A peine 6 heures se sont écoulées qu'il est encore l'heure de s'expliquer. Que d'énergie perdue à rendre des comptes en permanence ; foutues relations humaines. Ne pourrait-on pas instaurer une sorte de trêve dans les relations amicales, histoire de ne pas avoir à batailler constamment. Cette fois, nous sommes au complet.

George et Vince me rappellent les termes de ce drôle de pari devant le contrôle de JM et la béatitude de Katarina. Je les laisse s'ébrouer en palabres. Ils y mettent tant de forces et de volonté qu'ils seront bien trop difficiles à contrer. Je les attaquerai un par un plus tard lorsqu'ils seront plus vulnérables, que le venin aura été craché. JM n'aura même pas eu à parler. C'était leur joker, la carte bonus qu'on abat pour asséner le coup de grâce. A défaut d'être convaincu, je suis vaincu. Après 2 heures d'un âpre combat, je le suis devenu, convaincu et vaincu. Je l'étais d'avance. Le travail de sape fonctionne avec les êtres fatigués. Katarina en éclaireur, George et Vince pour la première charge, JM en embuscade, prêt à surgir si les choses tournent mal. Après tout, les guerres ne sont pas toutes bonnes à gagner.

Et si pour une fois, je me laissais porter. Qu'ai-je donc à perdre ? Une conception déjà bien entachée de l'institution du mariage ? Tout au plus ma solitude chronique. Allez, hauts les cœurs, Madame ma future épouse, me voilà !

Je congédie mes invités du matin. Je ne garde avec moi que Katarina. Nous avons des choses à nous dire. Comment organise-t-on un mariage ? Disons que je ne suis pas expert en la matière.

Jusqu'à présent je n'ai vécu ces moments là qu'en tant que spectateur plus ou moins impliqué, souvent moins que plus d'ailleurs.

On y rencontre un homme et une femme qui s'aiment. Ils sont entourés de leurs familles, de leurs amis et de quelques décorums mondains revus pour la circonstance, pour ne pas fâcher. Tous ces gens s'observent, conversent, prennent des nouvelles, se rencontrent de nouveau, se découvrent ou se redécouvrent.

Le mariage est donc une rencontre, festive, entre un homme et une femme, deux familles, des amis et des amis d'amis, des gens seuls, des gens qui feignent de ne pas l'être et des gens qui ne le seront bientôt plus. C'est un mélange agréable pour qui n'en attend rien de plus qu'une journée. Mais pour les mariés ? Qu'est-ce donc ? Sûrement pas un pari. Je ne dois pas l'envisager comme un jeu.

Je ne souhaite pas construire pour tout détruire juste après. Démarrer sa vie d'adulte sur un pari. Quoi de plus déconcertant ? Suis-je vraiment cet éternel gamin détaché de tout que je me remémore parfois avec la nostalgie de mes dix ans ? Katarina, je suis perdu. Il est temps pour moi de grandir. Aide-moi. J'ai besoin de ce mariage. Il sera ma rédemption, le point final d'une vie à regarder les autres avancer alors que je fais du sur place. L'occasion est trop belle.

Par où dois-je commencer ? Par l'indispensable Max : une épouse. Tu t'en doutes, pas de mariage sans époux. Une femme que tu aimes et que tu aimeras toute ta vie. On l'appelle aussi la mariée. Attention, pas de prostituée ou d'actrice de circonstance. Et puis, ne pense même pas à l'export. Il te faut une vraie femme de la vraie vie avec son boulot, ses problèmes, sa famille et ses angoisses de jeune femme célibataire. Une femme que tu pourras réconforter et avec laquelle tu pourras partager.

Ok, alors bon, récapitulons : trois copines, amies, femmes, souffre douleur, chanceuses ou folles comme tu voudras en neuf ans. Ma plus longue histoire a duré neuf mois, preuve que je suis un individu stable, maître de mes sentiments et qui sait ce qu'il veut dans la vie... Mauvais point. Inenvisageable de revoir l'une des trois, surtout pour l'épouser. La région parisienne regorge de femmes célibataires trentenaires en quête de stabilité sentimentale et qui souhaitent tirer un trait sur leur conte de fée de petite fille. A cet âge là, elles ne cherchent plus leur moitié. Juste un homme qui les fasse rire et suffisamment honnête pour faire un bon père. Bon point.

La plupart suite à un premier divorce et pour donner une image paternelle à leur enfant déjà trop turbulent. Mauvais point. Mais je ne dis pas ça pour toi Katarina. Aucune attirance particulière pour une femme en particulier ce moment. Mauvais point. Ni pour un homme d'ailleurs. Bon point. Alors quoi, qu'est-ce qui m'attend ?

Une séance de speed dating ? Une carte d'abonnement à la salle de sport la plus proche ? Ou encore le flirt sur internet ?

- Ne dis pas de bêtises, Max. Pas d'ersatz pour fainéants. Ne soit pas aussi communautaire. D'accord nous sommes au 21ème siècle, mais il existe encore des méthodes plus simplistes qui marchent encore. Plus de naturel. Les sorties entre amis par exemple, les amies des amies. Je vais commencer par te faire rencontrer quelques copines.

  Rassure toi, elles ne sont pas toutes névrosées comme moi. Une ou deux d'entre elles souhaitent se marier. Elles recherchent un homme doux et attentionné comme toi.

Par contre, tu mets ton genre perdu et pas trop sûr de toi de coté. Elles attendent un gagnant. Parallèlement, vu que le temps nous est compté, il faut démarrer l'organisation du mariage. Petit ou grand mariage ?

- A faire les choses, qu'elles soient bien faites. Et puis ma famille ne comprendrait pas. Je veux un mariage traditionnel, du monde mais pas trop, juste les indispensables, familles et amis, des petits fours, du champagne, une cérémonie religieuse, de la musique douce et de la romance. Soyons fous. Un mariage où les gens sont heureux d'être là, où ils sont heureux pour nous, elle et moi. Un mariage qui nous fait plaisir, surtout à elle car c'est bien connu, les mariages ont été inventés pour les femmes.

- Beau challenge. On a du travail, Max. Mais ne t'en fais pas, je crois que j'ai la solution. Nicolas Rembrandt.

Chapitre 3 : NICOLAS REMBRANDT

Me voilà devant sa porte. 11 Rue Paradis, 16ème arrondissement de Paris. Grande porte cochère style 18ème. En fait, je n'en ai aucune idée. Je ne m'y connais pas en menuiserie, encore moins en Histoire. Paris 16ème en bref. Belle porte, opulente. Sur la plaque dorée côté droit, on peut lire « Nicolas Rembrandt, pour vous servir. Events planner ». 1ère sonnerie, pas de réponse. Le second essai est plus concluant. Une voix métallique asexuée du style de celles que l'on découvre dans les télés réalités m'invite à monter jusqu'au 5ème étage, n°31, l'ascenseur est en panne me précise t-on.

Une centaine de marches plus haut, une seconde porte passée, me voici devant le fameux Nicolas Rembrandt. Petit bonhomme, sec, assez austère,

Sarkoziste de faciès mais suffisamment original pour être sympathique. C'est ce que l'on appelle sans doute le comique de situation. M. Rembrandt porte une coiffe indéfinissable, noire corbeau, une robe de chambre satinée présentant des reflets bleutés lorsqu'il accentue sa démarche et qu'il fait mine d'être monté sur ressort pour se déplacer. Une ceinture inratable, rouge avec des petits cœurs comme motif. Des énormes chaussures fermées à talon entre la chaussure gothique et la chaussure de sécurité de chantier mais avec le talon en plus. Au premier coup d'œil, je pense pouvoir qualifier cet homme d'excentrique sans trop me tromper, voire de fou.

Katarina, qui m'a fait faux bond sur ce coup là, m'avait prévenue : « il est un peu spécial tu verras, mais très compétent ». Personnage atypique qui pense préserver sa liberté en cultivant sa différence. Vacances d'hiver à la mer. Vacances d'été à la montagne. Pas de métro, apparemment un boulot et sans doute pas assez de dodo vu les valises qu'il se traîne sous chaque œil. Sa spécialité : l'organisation d'évènements qui sortent de l'ordinaire ; randonnée dans les fjords à dos de chameaux, visites des Casinos de Las Vegas pour les interdits bancaires ou encore plongée dans la Mer du Nord sans combinaison.

Paraît-il qu'il organise aussi des rodéos en Mini Cooper dans les rues de Paris pour femmes de

Millionnaires en manque d'adrénaline, mais il ne doit pas le dire. Normalement, il ne fait pas les mariages. Mais un mariage sans mariée, avec tout le folklore, en seulement 3 mois, semble l'intéresser. Katarina lui a déjà tout raconté. Le pari, ma volonté de jouer le jeu sérieusement, le délai et surtout l'absence de mariée.

Effectivement, l'enjeu le titille car il me prête une attention à laquelle je ne m'attends pas. Katarina m'expliquera plus tard qu'en plus de la difficulté de l'évènement à organiser, j'ai sans doute réveillé sa libido d'homosexuel, plus ou moins en sommeil selon les périodes de l'année et les potentialités qui lui sont proposées…

Il m'invite à m'asseoir dans son sofa en poils de daim, tandis qu'il opte plutôt pour la traditionnelle chaise en bois, robuste et efficace. La consultation va bientôt commencer. « Un verre ? » me propose t-il. Je me laisse tenter par le verre de scotch, les affaires sont les affaires. Affalé donc dans ce magnifique sofa, verre de scotch à la main, j'observe les toiles accrochées aux murs. Toutes plus laides les unes que les autres. J'imagine que les portraits qui nous dévisagent représentent ses ancêtres, grands oncles ou vielles mamans. L'aristocratie décadente, vous disais-je. C'est tout du moins ainsi que je me la représente. Une appartenance à une communauté ancestrale qui transmet des valeurs familiales propres loin des classiques du genre et de la populace, ce qui rend cette même communauté « hors norme » et au-dessus des considérations terriennes habituelles. De doux illuminés qui tentent de subsister mais qui disparaissent petit à petit alors que leur héritage se consume.

Dans son bel appartement Haussmannien avec 6 mètres de hauteur sous plafond, le plancher en bois dont le craquement régulier rappelle tout son vécu, les portraits de Grande Tante Léopoldine ou de Pépé Charles encadrés de moulures dorées et feuilletées d'or, je parie que Nicolas Rembrandt, lorsqu'il reçoit, habille sa table Louis XVI d'une énigmatique nappe noire bon marché représentant une tête de mort ou une autre fantaisie du genre, tellement décalé, tellement dénué d'intérêt.

Le voilà justement qui me rejoint avec un verre de lait à la main. Il s'assoit face à moi. Nous trinquons à mon défi. Après dix secondes d'observation, il entame la discussion. Il souhaite connaître les motivations profondes qui font que j'ai accepté le jeu. Pas d'excuse bidon ou de fumée noire pour embrouiller les idées. Il veut la vérité. Il n'est donc pas question que je lui sorte le couplet sur les véritables amis que je ne pourrais trahir, ni même celui de l'homme qui n'a qu'une parole, même si cette dernière empestait l'alcool.

Après quelques secondes de réflexion donc, je lui explique me sentir terriblement seul. Certes, j'ai une famille, des amis, des collègues de travail et même un poisson rouge. Je n'ai que 30 ans, l'avenir est devant moi paraît-il. Mais voilà, je vois vivre le monde, cette même famille, ces mêmes amis, ces collègues de travail. Ils n'attendent pas. Ils continuent d'avancer ou commencent à avancer sans attendre.

Ils évoluent, se font violence, se trompent, corrigent, une fois, deux fois, autant de fois que leur volonté le permettra, mais au final ils continuent d'avancer. Ils sont dans l'action, je ne suis que dans la réflexion. Chacun de nous doit bâtir sa propre cathédrale disait mon oncle.

Un monument colossal, œuvre de toute une vie et dans laquelle nous pourrons nous réfugier pour nous retrouver à la fin, à l'heure des bilans. Un refuge inébranlable et intemporel pour l'esprit. Depuis des années, je squatte les chantiers des autres, je vais de travaux en travaux, parfois d'églises en églises. Il m'est même arrivé de rentrer dans des cathédrales, d'y ressentir ce vertige extrahumain qui vous éloigne des contingences purement terrestres et vous rapproche de l'essentiel, une attraction spirituelle, aussi rare que déroutante. Elle me réconforte temporairement quand j'en ai besoin mais ne m'apaise pas au bout du compte car je n'y suis que locataire.

Il me faut bâtir la mienne, plus grandiose encore que celle des autres. Une qui me corresponde, à la fois sombre et lumineuse, accueillante et réservée, vibrante en somme. Une dans laquelle je me sentirais chez moi, portes grandes ouvertes aux autres, à ceux qui veulent partager du bonheur ou se poser pour reprendre leur souffle.

Mais je n'y arriverai pas seul.

Voilà pourquoi j'ai accepté ce pari, voilà pourquoi j'irai au bout et voilà pourquoi j'ai besoin d'elle, celle que je ne connais pas encore mais qui saura partager ma vie.

Chapitre 4 : LES COPINES DE KATARINA

Katarina n'a pas tardé. Une semaine plus tard jour pour jour, je rencontre ses copines. Ce sont toutes des folles. Pour forcer la chance, Katarina m'a organisé un rallye copines. Une sorte de speed dating mais sans la contrainte temporelle. Un peu quand même car la bienséance veut qu'on sache lever le camp quand rien ne se passe et que l'ennui est plus fort que tout. Une façon d'éviter les pires malaises et les silences meurtriers.

Les rencontres se déroulent dans un endroit neutre, le café d'en bas de ma rue, en fin d'après midi, à la tombée de la nuit lorsque les langues se délient plus aisément, lorsque les émotions exultent alors que les lumières feutrées qui éclairent les rues s'allument là dehors, tout près, de l'autre côté de la vitre. Le cadre est plutôt sympa, café lounge à l'ambiance cosy, pas donné mais tranquille.

Pas plus d'une rencontre par jour pour éviter que les copines de Katarina ne se croisent en ma compagnie. Aucune ne connaîtra l'enjeu du pari. Il n'est pas question de les faire fuir avant même la première rencontre. Pour les copines de Katarina, je suis son meilleur ami, un homme bien aux états d'âme touchants qui, malgré son esprit infantile, a beaucoup gagné en maturité ces derniers temps et qui est prêt, plus que jamais, à rendre une femme heureuse. Dans tous les cas, j'en ai les capacités ajoutera-t-elle avec beaucoup de conviction comme si elle-même y croyait vraiment.

Lundi, bonsoir Julia. Elle est mère de famille. Pardon, je reprends, Julia est une mère. Je cherche encore sa famille. Elle a une petite fille, Cécile, 3 ans, cheveux blonds bouclés, une attirance étrange pour les petites voitures, mais bon, il faut bien que jeunesse se passe. Son doudou s'appelle Tobby. C'est un ours, mal en point, mais tellement mignon ; l'ex doudou de sa mère, Julia. Mais à l'époque il s'appelait Monsieur l'ours.

Elle a peur de rentrer à l'école, de quitter sa maman. Sa mère aussi a peur de la laisser seule toute la journée. Enfin seule, pas exactement, elle veut dire par là sans sa surveillance à elle. Il faut que je comprenne, elles sont tellement proches, toutes les deux. Une mère, sa fille. Surtout depuis que le père est parti, Bertrand. Un vrai salaud qui n'a pas supporté la vie de couches, de cris et autres contraintes épuisantes qui l'a séparé petit à petit de ses amis, de sa vie sociale.

Bertrand est le genre de salaud qui rentrant chez lui le soir après le boulot est capable de dire à sa femme de la fermer quand elle commence à décrire minutieusement le déroulement de sa journée de jeune maman au foyer en démarrant par les coupons réduction qu'elle a gagné le matin même en faisant les courses au supermarché. Quel goujat donc ce Bertrand. Il était temps qu'il parte me dit-elle, sans quoi, elle l'aurait mis dehors d'ici peu. Trois poupées Barbie, cinq recettes de petits pots bio et une maîtresse de maternelle plus tard, me voilà totalement décroché de la conversation. On a beau être bien éduqué, il y a des limites qui nous dépassent. Le monologue du vagin s'arrête enfin.

 Julia dira plus tard à Katarina qu'elle a bien apprécié notre rencontre, que je suis un type sympa et qu'elle ne comprend pas pourquoi je ne l'ai jamais rappelé.

Mardi, Estelle, 41 ans, bien foutue, bien entretenue pardon. Une dure à cuire qui ne croit plus en l'amour, le vrai, l'unique. Un jeune fils, son seul garçon qu'elle aime beaucoup mais qui ne la surveille pas assez à son goût. Après tout, elle l'a un peu perdu de vu depuis qu'il vit avec son père, loin, très loin, au milieu des chèvres et des manteaux neigeux. Elle a en elle un amusement pour les choses de l'amour. Elles lui rappellent le temps de son innocence, quand elle croyait encore au prince charmant.

Ce même prince qui est parti des années plus tôt avec la jeune fille des voisins. Elle doit être du genre à sourire en cachette quand un jeune couple lui annonce qu'il va se marier, que c'est pour la vie. Non, finalement, je suis persuadé qu'elle ne se cache pas pour faire cela. Après tout, elle assume. Et pourtant, elle est là, face à moi. J'imagine qu'elle a vécu une grande douleur dans sa vie sentimentale passée, l'une de ces douleurs qui vous laisse un goût amer pour les choses de l'amour, à vie, qui fait qu'elle a besoin de tendresse, de compagnie, tout le temps. Pour se rassurer ? Peut-être. Pour continuer ? Surement. Ainsi sont faits les hommes et les femmes. Les hommes plus mûrs ne sont pas assez délires. Je crois surtout qu'elle y croit encore un peu, c'est son secret. Eh oui Estelle, la dure à cuire n'a pas envie d'un homme comme elle, blessé par le chagrin et qui ne croit plus non plus en l'instantanéité de l'amour. Alors elle préfère les jeunes, surtout les romantiques un peu gauches qui ne savent pas comment s'y prendre pour passer dans la vie d'adulte. Je crois que c'est pour cela qu'elle est ici aujourd'hui, assise devant moi. Elle veut tenter de nouveau quitte à rater. Alors l'essai se transformera en amusement. Après tout, ce n'est pas si mal de pouvoir s'amuser encore et encore.

41 ans, c'est encore jeune. Elle brûle la vie par les quatre bouts. Je ne souhaite pas qu'elle brûle un cinquième bout, surtout s'il m'appartient…

Avec elle, l'avenir s'annonce incertain, trop instable.

Mercredi : repos bien mérité. J'en profite pour faire le point. La complexité du pari me saute aux yeux comme une évidence. Je n'y arriverai pas, c'est tout simplement impossible. Comment pourrais-je trouver la femme de ma vie en si peu de temps alors que durant ces dix dernières années, je n'ai rencontré personne qui en vaille la peine, pas même « concubinable » ou « pacsable ». Je suis foutu, destiné à passer le restant de mes jours à sautiller d'amourette en amourette avec la fausse conviction de liberté comme seul moyen pour me rassurer. Et si Estelle avait raison ? Et s'il suffisait de ne pas réfléchir ? D'enchainer les moments de vie sans se soucier de ce qu'il adviendra plus tard ?

Pourquoi construire lorsqu'on sait que tout peut s'écrouler ?

Je décidais d'arrêter de raisonner ainsi et de prendre la chose totalement différemment. Du bon coté. Après tout, ce n'était qu'un jeu, un pari entre amis. Et puis c'était la vie, cette « chienne » de vie qui nous est donnée au 21ème siècle en France avec ses tracas certes mais ses bouées de sauvetage aussi, son assistanat, une facilité de moyens incontestable qui procurait un sentiment de sécurité comparé à beaucoup d'autres pays au monde. A l'époque, on mourrait pour une idée folle, pour un morceau de viande volé dans la rue ou un regard de travers, après tout, de nos jours je ne risquais pas de mourir parce que je m'étais trompé d'épouse. Au pire, je rejoindrai la communauté des gens du siècle.

Alors jouons.

Jeudi, j'y retourne, plus amusé que jamais. Trop peut-être. Amandine m'en a voulu pour ça. Elle dira à Katarina que je n'ai pas pris notre rendez vous au sérieux, que je n'ai cessé de la dévisager de la tête au décolleté, du décolleté au décolleté et du décolleté à ses yeux en me demandant qu'elle pouvait être sa taille de bonnet. Note pour plus tard qu'il me faudra regarder sur internet comment fonctionne la taille des bonnets car je n'y ai jamais rien compris, tour de poitrine, profondeur, largeur, un monde obscur pour mon esprit masculin purement consommateur. En effet, Amandine a su mettre ses atouts en valeur, pourquoi tant d'efforts à se valoriser si ce n'est pas pour en faire profiter les autres. Au demeurant, Amandine m'a semblé être une chic fille, une de celles qui parle peu mais qui attend beaucoup. Une jeune femme aux aspirations de jeune femme qui souhaite fonder une famille avec au moins deux enfants, les parents à proximité, une belle maison avec un jardin où les enfants s'amusent passant du bac à sable à la balançoire. Elle voit aussi un chien, à la fois gros et gentil, surtout avec les enfants. Une peluche sur pattes qui aboiera au passage du facteur. Une vie bien rangée, tellement reposante pour l'esprit. L'idée de notre rencontre est une bonne chose pour elle. Elle a toujours fait confiance à Katarina, son amie rencontrée sur les bancs de la fac. Je lui parais posé, un peu distrait ou temporairement accaparé…, mais posé. C'est rassurant. En revanche, elle ne comprend pas mon empressement au mariage.

Pas malin, je reconnais, je lui pose de nombreuses questions sur sa vision du mariage, le passage à l'Eglise, les invités, la vie commune, etc. Elle m'explique voir les choses simplement. De l'amour en fondation puis une construction qui prend le temps et répond à des attentes communes, fruit d'une évolution logique. Il ne faut pas avoir de regret après me dit-elle, la construction sera ce qu'elle sera et ce sera déjà beaucoup. Elle aurait pu être différente, certes mais elle a le mérite d'être, c'est ce qui compte. Bien sûr le mieux est qu'elle soit épanouissante mais ça c'est à nous, me dit-elle à nouveau avec beaucoup de foi, d'y mettre du nôtre.

On n'accède pas au bonheur en faisant la tête toute la journée. Le bonheur aussi est un état d'esprit.

Avec recul je crois que j'ai raté mon rendez-vous avec Amandine, elle avait sans doute plein de choses à m'apprendre et à m'apporter, taille des bonnets mise à part.

Il faut comprendre que la veille, plongé dans mes interrogations, Nicolas Rembrandt m'a appelé. Ce que je redoutais arriva. Le rendez vous avec l'Abbé Michou. Le premier d'une série de questionnements spirituels et de gros mensonges en perspectives, car bien évidemment, il n'était pas question de dévoiler le secret de mon mariage à cet homme d'Eglise. Son renoncement n'en aurait été que plus rapide. On peut se mentir cent fois, mentir à son voisin, sa voisine, sa mère, son père, son meilleur ami même mais pas à Dieu ou à son représentant.

L'amour est sacré semble-t-il, sacrément compliqué à n'en pas douter. Aussi, Amandine dira à Katarina, un peu plus tard dans la soirée, qu'elle ne souhaite pas donner suite. Au regard un tantinet bas, elle rajoutera une distance forte de ma part qui ne lui inspire pas confiance.

Vendredi. Je termine la semaine en compagnie d'Hortense, une drôle d'erreur. Costaude Hortense. Une belle plante comme on dit. Hortense m'avoue très rapidement être amoureuse de Katarina. Elle n'a jamais su comment le lui avouer. Elle est donc venue rencontrer son meilleur ami, pour connaître son point de vue. Je démarre doucement pour ne pas blesser l'amoureuse transi qui siège devant moi. Très prudemment donc, je lui explique mon scepticisme quant au goût lesbien de Katarina.

Je lui explique aussi qu'il ne me semble pas que mon amie puisse être attirée par une autre femme, que, jusqu'alors, je n'ai pas eu d'indice allant dans ce sens, qu'il est vrai que la société a évolué, que les mélanges néo-individualistes entre semblables sont de plus en plus fréquents, à la mode même, mais je ne pense pas que... non, définitivement, Katarina ? Je ne crois pas, j'en suis sûr ! Désolé Hortense. Plus je parle et plus Hortense se décompose. Ce phénomène n'est pas rare avec moi. Habituellement, je me livre trop. Trop de sentiments, trop d'émotions incontrôlées, trop de mots, de beaux mots qui ne veulent plus rien dire au final. Trop de cacophonie mentale pour inspirer la confiance dont rêvent toutes les femmes. Mais cette fois ci, c'est elle qui a trop parlé.

Elle ne le regrette pas, elle subit le retour de mots.

Elle est en train de se faner. Il faut la récupérer, vite. Je commande un verre d'eau en urgence. Elle le boit d'une traite. Sa vivacité du début a laissé place à une sorte de torpeur léthargique. Le Printemps approche, c'est la saison des possibles. Devant son désarroi grandissant, je revois ma copie et, dans un grand moment de lâcheté, reconnais ne jamais avoir réellement abordé le sujet avec Katarina. Un doute subsiste donc encore. Qui peut savoir, on voit des revirements de situation tous les jours. Hortense reprend quelques couleurs. Elle ne devrait pas pleurer devant moi. Courage, fuyons, il est encore temps. Je prétexte un rendez vous chez ma mère pour m'éclipser. Je lui promets de ne rien dire à Katarina. Nous nous quittons assez rapidement, bons mais faux amis. Confidents aussi. Bon courage Hortense.

Sur le chemin du retour, je pense aux amies de Katarina, à cette semaine de surprises et de rencontres. Tout naturellement donc, j'en viens à penser à Katarina, à nos débuts. Elle et moi, c'est une longue histoire. Pas compliquée, mais lointaine. Les débuts sont très vagues, et pour cause. Nous nous connaissons depuis notre plus jeune enfance. Quatre ou cinq ans peut-être. Habitants la même petite ville de Province, nos mères se côtoyaient dans le temps.

Femmes au foyer ou travaillant à mi-temps, elles se retrouvaient souvent après l'école, voire même le week-end, gamins sous les jupes, pour passer le temps.

Pendant qu'elles revisitaient la décoration intérieure des maisonnettes de l'une ou l'autre, Katarina et moi jouions. Les premières cabanes au fond du jardin ou les premières nuits sous la tente, les premières découvertes de la vie animale et de ses stupéfactions (notamment la repousse de la queue du lézard), les premières moqueries aussi à l'école dans la cour de récréation lorsque nous arrivions habillés de la même façon ou presque ou encore lorsque nous nous tenions par la main. Katarina et moi, c'était donc une histoire de cœur, presque de sang. Comme toute histoire de cœur, elle s'est mal terminée. Nos parents ont fini par ne plus se fréquenter. La mère de Katarina aurait accusé mon père d'entraîner son mari dans des histoires sordides de jeux illégaux et de magouilles en tout genre.

Les dettes de jeux auraient eu raison de leur couple. Séparés, divorcés dans la violence, Katarina et sa mère ont quitté la ville pour aller s'installer à Paris. J'avais 12 ans.

Ce n'est que quelques années plus tard, après avoir rejoint à mon tour la capitale, sur les listes d'inscrits au cours de Théâtre de ma troisième année de Lycée, que je retrouvais Katarina. Je ne rêvais pas. Etait inscrit Katarina Marshal. Ma Katarina Marshal. Mon cœur ne battait pas la chamade, il tourbillonnait, voltigeait dans des sphères encore inexplorées. Les retrouvailles furent parfaites de sobriété et de complicité. En un échange de regards, nous comprîmes que nous ne nous étions réellement jamais quittés.

Les jours et mois les qui suivirent ne furent que succession d'évocation de souvenirs. Encore et encore jusqu'à overdose. L'arrachement avait été excessif, les retrouvailles l'étaient tout autant.

L'équilibre sentimental rétabli, nous nous fîmes la promesse de ne plus jamais nous quitter.

Une promesse de jeunes mariés…

Chapitre 5 : L'ABBE MICHOU

Rien qu'à l'évocation de son nom, je ne peux m'empêcher de sourire. L'Abbé Michou est l'homme d'Eglise que Nicolas Rembrandt a débusqué pour me marier. Le terme « débusqué » est de rigueur car il s'agit bien de cela lorsque vous avez rencontré la « bête » ; un énergumène, un vrai comme on en croise rarement, le dîner de cons façon Eglise mais en pas si con finalement…

Nicolas l'avait rencontré grâce à un de ses clients au cours d'une sortie : un trek de trois jours dans les égouts de Paris. Au programme, sensations en tout genre surtout pour les narines, capture de bébés crocodiles, recensement de la population de rats et mulots, nuit sous les tentes sous les néons, eux-mêmes sous l'entrée du parc de l'Elysée, lui-même sous le ciel presque étoilé de Paris. Lorsque j'avais parlé de mon pari au petit Nicolas, ce dernier avait tout de suite pensé à l'Abbé Michou pour la cérémonie religieuse. L'excentrisme aidant.

La rencontre était inévitable.

Le premier rendez vous était informel si tant est qu'un rendez vous spirituel puisse être formalisé… Nous nous étions donc arrangés pour nous retrouver à l'heure du déjeuner dans une brasserie Place Alésia, dans le 14ème arrondissement. Mon « event planner » m'accompagnait. Je n'aurais jamais imaginé que sa présence pourrait me rassurer à ce point mais je n'étais pas fier de moi.

L'Abbé Michou me ferait-t-il peur ou serait ce simplement les circonstances et notamment l'idée de me dire que j'allais mentir à un prêtre ? Alors il était plus facile d'assumer une erreur à deux pour diviser d'autant la culpabilité. L'abbé nous attendait à l'intérieur du restaurant, sirotant ce que je cru être un jus de pomme ou assimilé.

Cheveux noirs grisonnants et gominés, discrètes lunettes bleues, tout de noir vêtu et col romain bien sûr, voilà pour la description visuelle rapide de notre homme d'Eglise. L'homme avait l'air affable, il respirait la joie de vivre, nous invita à nous asseoir avec lui. Un rapide coup d'œil de sa part en direction du serveur suffit pour que ce dernier nous amène trois verres de Whisky pur malt. Aux oubliettes mes vieux clichés et le jus de pomme. L'abbé Michou allait m'offrir une réalité plus dure vraisemblablement, mais tellement plus intéressante en somme.

La discussion s'engagea alors.

Il me rappela le sérieux de la situation en y ajoutant cette petite dose de confort que seule la religion peut procurer. A l'enjeu divin et intemporel de l'acte que je m'apprêtais à commettre se superposait la grâce de Dieu, prêt à pardonner et à comprendre les dérives de chacun ou plutôt les moments d'égarement tellement fréquents à notre époque où les repères s'effondrent les uns après les autres. En fait, le simple fait que je veuille participer, à mon niveau, pardon, que nous voulions, « ma fiancée » et moi, participer à construire la vie, notre vie, à la remplir d'un acte d'amour de plus, le réconfortait. L'idée même de vivre à travers cette volonté positive de créer un moment d'amour et de partage était tout simplement merveilleux à ses yeux. Imposteur ou pas, on ne pouvait pas m'enlever l'envie de construire et d'avancer ; on ne pouvait pas m'enlever cette vision humaine de la vie. Je voulais de l'amour, je voulais les fleurs bleues et les autres aussi, j'étais fondamentalement un gentil et pour tout ça je voulais la rendre heureuse. Alors montre-toi.

Après m'avoir expliqué de manière très imagée et très peu claire les fondamentaux du mariage : fondation dans la roche dure puis élévation des murs avec du sable renforcé au ciment, le tout abrité par une toiture rigide, etc. ; l'Abbé préféra orienter la discussion sur qui j'étais et comment j'envisageais ma vie à deux.

S'en suivi un monologue de ma part où, après avoir excusé l'absence de ma douce promise, je lui présentais ma vision du monde en essayant de ne pas tomber dans le traditionnel pathos mais sans non plus édulcorer les terribles ressentis qui me tourmentaient. Je me surpris donc à imaginer ma compagne de route et compris intérieurement que j'aurais bien du souci à la trouver tellement la perle pouvant accepter et assumer mes tourbillonnants états d'âme devait être forte et de bonne constitution. « Tes états d'âme sont pour moi Eric comme les Etats d'Amérique… »

Je décrivis donc une âme seule, à la fois enfantine et virile ; un mélange complexe et inégal d'envie d'être aimé et d'envie de protéger ; une machine de guerre pouvant blesser à coup de roses et bruler le cœur de mots enflammés ; une âme créatrice se débattant dans un monde où tout semble déjà bâti et où il ne reste plus qu'à dire « amen », où l'expression personnelle, purement personnelle, voire essentielle, ne peut s'exposer qu'en toute intimité et pudeur pour ne pas choquer la communauté.

En bref, j'exprimais à l'Abbé ce besoin primordial de partager un trop plein d'émotions et de sensations avec quelqu'une digne de ce nom, digne de mon nom, souhaitant recevoir et protéger ce cocon de sentiments.

Me recentrant sur une description trop personnelle, Nicolas sentit que le terrain sur lequel je m'aventurais était plus que mouvant si je ne souhaitais pas tout faire capoter. Il toussota donc en guise d'alerte m'étant directement adressée puis négligemment capta l'attention de l'Abbé en l'invitant à reprendre un nième verre, avec n tendant vers 6 ou 7.

Il conclut ma tirade sur un sempiternel : dure dure cette condition humaine, pas facile de trouver sa route et réorienta la discussion sur le déroulement précis de la préparation au mariage que l'Abbé devait assurer.

Trop fort ce Nicolas pour embrouiller les gens, un vrai politique, tout du moins un vrai Sarkoziste.

Après une heure de whisky supplémentaire, de filets de bœuf et de questions / réponses évasives (surtout les réponses), Nicolas et moi avions réussi à perdre l'Abbé.

Trop de réponses contradictoires, de phrases alambiquées, de détours, retours, virages à 90 degrés, et autres contradictions.

Et surtout, trop de whisky à 40 degrés. Tantôt il m'appelait Max, tantôt Fred. J'eus même droit à un Benji (difficile de faire le lien). Vu le mélange des prénoms, j'avais bon espoir qu'il ne se souvienne plus, lors de notre prochain rendez vous, de celui que je lui avais donné pour ma future épouse. Julie m'était apparue comme une révélation, un bon palliatif à la trop traditionnelle et bien trop facile à retenir Marie.

Nicolas et moi avions joué la carte du mensonge, à 100% pour gagner du temps, quitte à nous attirer les foudres du ciel et de ses ennemis, ceux qui complotent de là-haut, qui se font oublier et qui ne se révèlent que lors du jugement dernier quand vous pensez enfin ne plus avoir de comptes à rendre, quand vous pensez enfin mettre votre cerveau définitivement sur pause, quand vous pensez enfin être déconnecté à votre tour. Et puis tans pis, après tout, c'était pour la bonne cause : l'amour, le pré-amour même, celui qui n'existe pas encore mais qu'on espère si fort qu'il naîtra à n'en pas douter.

Finalement, à y réfléchir, il est encore plus noble celui là, il n'est pas encore perverti par la parole, par la réalité de l'être, il n'y a rien de plus beau que cet amour rêvé, celui qu'on espère et qui colle parfaitement à votre âme. Alors il fallait que je le préserve de l'emprisonnement, que je laisse toutes portes ouvertes. Je me rendis compte que moi-même ne me rappelais même plus du prénom donné à ma dite fiancée : ce n'était pas Marie mais Julie ou Juliette ou bien serait ce Jeanne car je me rappelle qu'à l'écoute de son prénom, l'Abbé avait acquiescé avec une fausse conviction.

Autrement dit, je n'étais pas plus frais que mon interlocuteur et mes idées n'étaient pas très claires non plus. La rencontre me parut tout de même instructive.

Elle m'apprit d'abord que l'Abbé Michou était aussi perdu que la plupart des hommes devant les choses de la vie, les choix, les envies, les attirances et les paradoxes de pensée. Férocement accroché à sa bouée nommée Jésus, il arpentait son Monde à la recherche d'autres questionnements, pour trouver d'autres réponses si tout allait bien ou pour se confronter à de nouvelles interrogations sinon. Il m'apprit aussi que l'Abbé était mon homme, un homme providentiel qui « nous » préparerait en moins de 3 mois avait-il dit. Quand on aime, on ne compte pas. Ni dans un sens, ni dans l'autre. Le problème pour moi, c'est qu'il voulait la voir, forcément. Ma promise. Où avais-je donc mis ma moitié ? Peut-être était-il dupe, peut-être étais ce moi le dupé, je ne sais pas.

Quoiqu'il en soit l'Abbé Michou était un homme d'une grande ouverture d'esprit qui ne manquerait pas de comprendre mon petit jeu le temps venu, mais uniquement le temps venu et il était beaucoup trop tôt.

En repartant, je remerciais Nicolas pour cette trouvaille. A quelques détails logistiques près comme me présenter avec une épouse, il me tardait notre prochaine rencontre. Elle avait lieu sous peu, une quinzaine de jours car il s'agissait de faire vite vu les délais.

Chapitre 6 : ESTELLE

Finalement je revis Estelle. Seuls les imbéciles ne changent pas d'avis. Bien qu'elle n'en n'émette pas le souhait franc, elle ne refusa pas ma deuxième invitation car c'est bien moi qui fis le deuxième pas. Estelle m'avait dit être sportive lors de notre première rencontre, je lui proposais donc de nous retrouver à la plage pour un bain de mer le temps d'un week-end. Une condition tout de même : présence de Katarina obligatoire m'avait elle dit. Katarina ravie, excitée comme d'habitude lorsqu'il s'agit de près ou de loin de s'amuser entre amis, acquiesça sans hésitation. Alors ok, le week-end aurait lieu, ma chaperonne en prime. Avant de partir récupérer Estelle pour trois heures de train,

Katarina m'avait garanti qu'elle nous laisserait du temps Estelle et moi pour nous découvrir. L'idée d'un week-end à la mer était doublement bonne car l'endroit me permettait d'une part d'éviter la discussion si elle venait à dégénérer en simulant une sieste sur la serviette, allongé au Soleil et bercé par le bruit de l'eau et d'autre part d'admirer la plastique de cette quadra toute en formes et beauté dans sa plus simple tenue vestimentaire. Quel fin stratège faisais-je, et dire que j'avais refusé de me présenter aux élections de représentants de classe quand j'étais petit, mettant ainsi un point d'arrêt dès ma plus tendre enfance à une future carrière d'homme politique. Dans un second temps, je compris que je n'étais pas meilleur comploteur qu'Estelle qui avait, quant à elle, choisit Katarina comme échappatoire à un notre hypothétique échec relationnel. Max, 1 – Estelle, 1.

J'avais loué un bungalow tout équipé en bord de mer ou plutôt devrais-je dire d'océan pour être plus exact. Trois chambres, vue sur mer pour deux d'entre elles, terrasse sur mer, accès direct à la plage sans passer par la case voiture, l'idéal pour ne pas avoir à se prendre la tête avec des places de parking introuvables.

En bon gentleman ou en bon inquiet, j'étais arrivé quelques heures plus tôt en voiture de façon à m'assurer que tout aille bien, prépayer la location et faire, je l'avoue, quelques étirements et savants exercices de relaxation pour être totalement zen et décontracté pendant les deux jours à venir.

Comme à mon habitude j'étais en avance pour les récupérer à la gare. Gare d'Arcachon, Gironde. Dites 33. Le lieu, les circonstances me rappelaient une émission de télé-réalité à grand succès permettant à des agriculteurs du cru de jouer les Casanova le temps d'un séjour, tout cela bien sûr sous l'œil amusé mais néanmoins bienveillant de l'animatrice et du téléspectateur moqueur.

Elles finirent par arriver enfin. Arcachon, Arcachon, 5 minutes d'arrêt. Je les vis enfin au loin, puis de plus près. L'œil de Katarina aussi était amusé, plutôt malicieux en fait. En se présentant devant moi, elle me lança d'ailleurs un clin d'œil qui en disait long : « ne t'inquiète pas, je l'ai déjà briefée dans le train, tout se passera bien, elle est déjà folle de toi ». Embrassades sur le quai, convenances de circonstances, échanges de sourires, chargement de valises, politesses en tout genre et en route pour l'aventure. Qu'il est bon le temps de la découverte : on espère que du bon, on ne donne que le bon et on ne retient que le bon. L'endroit leur plaisait, ciel bleu au beau fixe, mer calme, drapeau vert, les choses heureuses pouvaient commencer.

Nous passâmes la première journée au bord de la mer. Ames sensibles, réveillez-vous, il n'y en a que pour vous aujourd'hui. En effet, nos esprits de trentenaires ou plus en manque de compréhension trouvaient un malin plaisir à se laisser écraser par la douceur de ce début de Printemps et bercer par le bruit des vagues.

Devant l'immensité du monde qui s'offrait à nous fusionnant en un même lieu eau, terre et ciel à perte de vue, nos âmes quelques peu torturées par l'étroitesse du quotidien auquel elles étaient communément confrontées, ne pouvaient que retrouver confiance en la vie et en ses locataires. Tout paraissait plus beau sous ce nouvel angle : l'amitié profonde entre ces deux gamins qui tapent dans un ballon sans d'autre enjeu que le plaisir de jouer et de communier, l'amour sincère et prometteur de ces deux jeunes adolescents qui se découvrent sous une serviette pas très bien installée ou encore la grande complicité de ce vieux couple à la recherche des coquillages qui leur rappelleront leurs premières vacances à la mer il y a plusieurs années déjà. Je me sentais bien. J'avais effectivement envie de construire. Je regardais mes compagnes du jour qui discutaient un peu plus loin moitié allongées sur le sable, moitié dans l'eau. Elles avaient l'air de bien s'entendre.

Je les aimais toutes les deux pour des raisons différentes mais pas incompatibles.

Katarina me rassurait par sa présence, par sa connaissance de moi. Je me disais qu'elle ne pourrait pas être déçue par moi, elle me connaissait bien et si elle était encore là aujourd'hui, c'était en toute connaissance de cause comme on dit. Elle me rassurait aussi parce que je me sentais utile avec elle. Elle m'avait toujours dit avoir besoin de moi et je l'avais toujours cru.

Plus jeune, elle avait besoin de moi pour lui faire la courte échelle lorsqu'elle regardait par curiosité malsaine au-dessus du mur du méchant voisin qui nous faisait peur et qui prenait en otage dans son jardin notre ballon malencontreusement incontrôlé.

Quand nous nous étions retrouvés des années plus tard, elle avait besoin de moi pour lui donner la réplique sur les planches ou dans son salon lorsqu'elle répétait « les pièces de sa vie ».

Aujourd'hui encore, elle avait besoin de moi pour évacuer ses colères et ses incompréhensions après une rupture amoureuse un peu plus délicate que d'accoutumée, pour se dire aussi qu'elle n'était pas la seule à être perdue et qu'on pouvait tirer du bonheur dans l'incompréhension à condition de continuer à croire en l'avenir.

A l'inverse, c'est la curiosité et la distance sur le monde qu'elle pouvait avoir qui m'intéressaient chez Estelle. Un mélange savant de force et de faiblesse ou le caractère combatif acéré par l'expérience de la protagoniste l'emportait toujours à la fin. Du haut de son mètre soixante cinq aurais-je parié (attention, je ne suis pas très bon pour les paris), ce bout de femme en imposait pourtant.

Vision sévère sur le monde, cœur tendre au demeurant, généreuse mais pas naïve au point de donner sans compter. Les bons comptes font les bons amis. Finalement je la connaissais très peu et j'étais heureux qu'elle soit là avec moi pour en apprendre plus sur elle. Je me réjouissais par avance de la soirée qui nous attendait, j'avais à mes cotés deux superbes femmes, amusantes et intéressantes toutes les deux, et surtout, ne l'oublions pas : elles étaient là pour moi. Quel plaisir ! Sur cette note de très bonne humeur, je chaussais mes lunettes de soleil achetées au marché aux puces de Saint Denis et profitais de leur double effet : atténuer la luminosité excessive procurait par un soleil étincelant et me permettre de mater à distance les formes très généreuses de mes deux « prétendantes » du week-end tout en leur laissant croire que je somnolais tranquillement dans mon coin.

Sous l'effet de la chaleur accablante, je commençais réellement à m'endormir. Dans un demi-songe, je laissais aller mes pensées les plus viles et masculines. Alors que j'avais maintenant les yeux fermés, j'imaginais Estelle revenant de sa baignade et s'approchant de moi :

« Elle se tient maintenant devant moi me dominant de toute sa hauteur. Je me représente son ombre, mystérieuse et toute en formes, une silhouette de déesse, brune aux cheveux longs, sauvage et féminine, les seins fermes débordant du soutien-gorge étiré par des tétons durs comme des pointes. Elle bouge. Des petites gouttes d'eau perlent de son maillot de bain deux pièces bleu turquoise et giclent sur moi pour mieux me saisir, pour me rappeler sa présence, là tout près, et éveiller mes sens. Elle s'allonge ensuite sur la serviette juste à côté, je l'entends remuer, chercher sa position et je sens son souffle pénétrer mon tympan, preuve de sa proximité.

Ça y est, c'est le contact. Sa main froide, humide, se pose sur ma cuisse rougie par le soleil brûlant. Je vis. J'ai envie d'ouvrir les yeux mais je ne le fais pas. J'expire lentement comme pour évacuer un trop plein de sensation, comme pour extérioriser ce que je ne maîtrise pas. Tous mes sens sont maintenant en alerte maximale. Mon corps tout entier est concentré sur sa main si vivante qui remonte le long de ma cuisse et qui embarque tout sur son passage. Elle n'a qu'un but, la recherche du plaisir. Les frissons m'envahissent. Sa main continue sa route et passe maintenant sous mon maillot de bain. Mes poils se hérissent sur son passage, mon sexe se tend. Il étire mon maillot au maximum de ce que le tissu peut accepter. Sa main, toujours sa main, je ne sens qu'elle, le monde n'existe plus. Elle agrippe enfin mon sexe et c'est tout mon corps qui crie de plaisir. Mon érection est énorme, mon sexe est énorme, sa main est si petite.

Elle est magique. Elle doit maintenant retirer mon maillot, doucement avec précaution.

Je lutte pour ne pas ouvrir les yeux, l'abandon doit être total. Je l'espère tant. Je pense à sa bouche, à sa langue virevoltante, capricieuse amie. Sa main continue de caresser mon sexe. Il est maintenant dur comme la roche, tendu vers un avenir immédiat. Son souffle s'éloigne de mon oreille, c'est son corps tout entier qui remue, qui se repositionne, l'étreinte de sa main se fait plus forte, il n'est pas question que mon sexe s'échappe, le repas ne fait que commencer ».

Stop ! Un bruit, on frappe à la porte de mon rêve. J'ouvre les yeux. Katarina se trouve face à moi, Estelle n'est pas bien loin. Bien dormi ? me dit-elle. Tu es en forme apparemment ajoute-t-elle en rigolant.

Le songe s'est éteint, le sexe se détend automatiquement sous la prise de conscience brutale de la situation. Les filles ne m'en tiendront pas rigueur, on a le droit d'être heureux après tout.

Une heure plus tard, alors que tout est rentré dans l'ordre (mon maillot a repris sa forme normale) et que nos trois corps bronzent au soleil trop distancés les uns des autres à mon goût, je conclus que le séjour est réellement placé sous le signe de la générosité... Estelle 2 – Max 1.

En fin d'après midi, les filles se lèvent enfin et me signalent qu'elles rentrent se préparer pour la soirée. Nous avions projeté une soirée toute simple entre trois amis autour d'un bon repas concocté par mes soins et arrosé d'une, à minima, bonne bouteille de Bordeaux, situation géographique oblige, affinité exige. En bon et gentil organisateur de la soirée, je devais moi aussi penser à quitter la plage pour me mettre aux fourneaux. Quelques heures plus tard, nous étions donc assis tous les trois autour de la table à ripailler poliment. La conversation n'avait aucun intérêt si ce n'est de détendre l'atmosphère et de nous découvrir artificiellement sans tomber trop vite dans les affres de la pensée individuelle et étiqueteuse. Le moment fût tout de même délicieux. Par la fenêtre de notre gîte, nous pouvions contempler une veine rouge qui tailladait le ciel cotonneux, ultime reflet d'un soleil presque totalement endormi.

Désireux de faire oublier mon ostentatoire mais ô combien naturel, contentement de l'après-midi, je m'appliquais à ne dire que des choses sérieuses et sensées aux antipodes d'une quelconque perversité. Tout cela en accord parfait bien qu'involontaire avec un coucher de soleil magnifique.

J'appris à cet effet qu'Estelle et Katarina s'étaient rencontrées sur les bancs de la salle de sport, qu'elles avaient rapidement accroché en papotant sur les tapis de course à vitesse lente et que leur principale activité lorsqu'elles allaient à la salle était de se moquer des tatouages qui décoraient abondamment le corps des adeptes du levé de fonte et du m'as-tu vu. Le dîner se passait très bien, il m'arriva même à plusieurs reprises de prendre un temps de recul pour savourer le moment présent. Il était bon ce Rousseau avec sa philosophie de vie à deux vitesses : un temps pour vivre et un temps pour se regarder vivre. Je me dis alors que j'avais de la chance de connaître Katarina d'une part, que c'était une fille bien et que j'en avais tout autant de plaire à Estelle qui, je devais le reconnaître sans trop bien comprendre pourquoi, me plaisait de plus en plus.

Un peu plus tard dans la soirée, peu après avoir dégusté le gâteau acheté chez le pâtissier à la mode situé en centre ville, Katarina se leva, nous dit être fatiguée et alla se coucher. Nous étions enfin seuls. Les débuts furent difficiles.

Campés dans notre mutisme maladif, voire de circonstances, Estelle et moi avions du mal à engager la conversation, et ce, malgré un début de soirée tout à fait détendu et chaleureux.

Elle s'orienta donc naturellement vers l'éternel sujet de la profession : mais au fait, que fais-tu donc dans la vie Estelle ? C'est un sujet que nous n'avions même pas pris le temps d'aborder lors de notre première rencontre, aussi difficile à croire que cela puisse paraître.

Estelle était à son compte depuis deux ans. Elle avait créé sa propre collection de bijoux, toute une gamme de bijoux à base d'argent et d'acier traité qu'elle dérivait sous toutes ses formes, colliers, bracelets, bagues sans oublier les pendentifs. A défaut de gagner correctement sa vie, elle disait avoir gagné sa liberté, un bien nettement plus précieux à ses yeux, surtout qu'elle en avait rêvé longtemps de liberté.

Avant de pouvoir s'exprimer librement, elle était muselée à la mode grand groupe de l'industrie pharmaceutique, pas d'autre liberté que celle de dispenser la parole du grand gourou situé tout là haut au sommet de la pyramide. C'est un discours que je comprenais bien pour en faire moi aussi les frais au quotidien. Ingénieur Environnement dans le plus grand groupe français de l'industrie agro-alimentaire, je luttais chaque jour contre moi-même pour ne pas tout envoyer valdinguer. Mais la vie est ainsi faite qu'il faut pouvoir manger à sa faim, dormir au chaud et divertir notre esprit de plus en plus dépouillé de créativité avec des remèdes communautaires tout cuits pas toujours bon marché mais qui ont le mérite de remplir la journée. A près de 40 ans, Estelle avait eu le courage de se défaire de ce matérialisme trompeur et inhibiteur de sens profond.

Elle m'expliqua alors qu'après 15 ans de bons et loyaux services dans cette multinationale reconnue, elle avait décidé de se lancer dans l'aventure de l'entreprenariat, dans « la folie » de l'indépendance me dit-elle plus exactement.

Les temps avaient changé m'expliqua-t-elle. Les premières années, quand elle était arrivée chez SITFER, son travail lui plaisait, il correspondait à ses valeurs. Travailler bien pour être bien : bien considérée, bien payée et bien accompagnée par le personnel des ressources humaines d'une part et par ses collègues d'autre part. Un bon travail dans une bonne ambiance, rien d'extraordinaire quand on fait le nécessaire pour et qu'on travaille sérieusement.

Mais voilà, ces dernières années, avec l'arrivée d'une nouvelle génération de dirigeants, les choses s'étaient vraiment dégradées au point d'en dégoûter plus d'un. Les départs fortement conseillés, les ruptures conventionnelles, les licenciements abusifs ou encore les mises au placard pour les plus tenaces étaient devenus monnaie courante dans les grands groupes. Les compétences de l'individu n'arrangeaient plus, seuls les comportements dévoués au chef étaient exigés. Une loyauté suprême non pas à un homme ou une femme mais à un rang, un représentant doté du bon statut. Esprit rebelle ou tout simplement singulier s'abstenir. Une cour pour un roi, pire encore, de nombreuses cours pour plusieurs princes qui revendiquent tous le même trône, celui du roi des rois, gratification ultime pour un égo surdimensionné. Tel était devenu le monde du travail dans les grands groupes. Il fallait penser comme le chef, exécuter l'ordre comme à l'armée, sans discuter et surtout sans émettre un avis personnel différent de celui de son supérieur. Une cour de sous-fifres payés, parfois même très bien payés, pour se taire et porter l'élu proclamé à la tête de la filiale régionale du groupe.

Délégués du Personnel achetés, têtes pensantes éliminées, travailleurs efficaces surexploités, autres travailleurs destinés à caresser le chef, ancienneté dérangeante et concurrents omniprésents. Oui nous étions bien en crise en France, une crise identitaire et financière qui accentuait chaque jour un peu plus le fossé entre les « rois », aveuglés par le pouvoir et leurs « serviteurs » devenus attentistes par excès de fatigue. « Sers-moi ou va-t'en », une devise très ancienne remise au goût du jour. La vie est un cycle paraît-il. Vivement le retour des Lumières et des beaux penseurs...

Cette conversation prit fin sur des rires expressifs qui n'avaient d'autre objectif que de soulager nos esprits pris tout à coup d'une peur panique du lendemain. Quand la dépression guette, le rire lumineux et salvateur est encore le meilleur moyen de s'en éloigner. Après tout, nous étions ensemble et ce n'était pas si mal, nous étions en bonne santé avec des parcours de vie louables et des espoirs avouables. Alors pourquoi s'en faire ? Profiter au lieu de dénigrer.

La page professionnelle tournée, Estelle m'expliqua en détail comment elle concevait son nouveau métier, les galères de ses prospections clients, les études de marché préalables, l'angoisse de grossir et d'embaucher mais surtout ses plaisirs à créer. Tard dans la nuit, nous décidâmes d'aller nous coucher. La page sentimentale n'avait pas été abordée.

Il faut dire que nous avions commencé fort avec notre vision sinistre du monde professionnel, alors autant éviter le cynisme des contes de fée bafoués.

Cette nuit là, je m'endormis le cœur léger. Si la beauté de ma voisine ne me rend pas plus beau, elle a au moins l'avantage d'arranger mon quotidien.

Nous nous réveillâmes tous les trois en milieu de matinée. Après un petit déjeuner rapide et convivial, une dernière ballade sur la plage à parler tissus et déco marqua la fin du week-end car il était déjà temps pour nous de rentrer et de retrouver nos vies de parisiens pressés.

Je ramenais donc les filles à la gare. Katarina, toujours radieuse et heureuse d'être là, m'embrassa tendrement d'une accolade émouvante. Elle me sourit et me glissa au creux de l'oreille qu'elle m'épouserait si de désespoir je le lui proposais. Après un dernier signe de la main et son second clin d'œil, elle monta dans le train me laissant seul face à Estelle.

Cette dernière déposa gentiment un baiser sur ma joue, me remercia et me dit :

- Je t'aime bien Max, à très bientôt j'espère.

Mais au-delà des mots, c'est son visage que je retiens, celui d'une femme à la fois dure et heureuse, que la vie n'a pas épargné certes, mais qui a acquis suffisamment de confiance, le temps d'une parenthèse, pour déposer les armes.

Chapitre 7 : LE SHOW ROOM

De retour à Paris, je me remis à fond dans mon pari et dans les préparatifs, la logistique dira-t-on.

Pas de beau mariage sans un beau costume. Pas de beau costume sans de beaux tissus et pas de beaux tissus sans un bon show-room. C'est avec l'envie d'aller me pendre que je me décidais enfin à franchir la porte d'une boutique réputée pour choisir mon costume de marié. Devant mon enthousiasme communicatif, Vince et Georges m'accompagnèrent, histoire d'alléger un peu ma peine. Nicolas Rembrandt aussi m'avait proposé de venir. Je refusais catégoriquement ; ses goûts étaient d'un autre temps, je préférais, à défaut du reste de mon mariage, faire sobre et classique sur ce sujet. Je craignais sincèrement le magasin spécialisé avec la tête de mort sur la veste du costume ou la feuille de cannabis dessinée sur la poche du pantalon. La cérémonie serait bien assez… originale sans y ajouter un costume dépareillé ou autre chose qu'un costume d'ailleurs. Un ancien ami à moi m'avait donné l'adresse de cette petite boutique familiale située en plein 13ème arrondissement : « Les costumes y sont de bonne qualité et les prix très intéressants ».

M. Chan tenait la boutique avec son fils, Chi Chan. J'entendis ce nom et je compris tout de suite l'importance des mots à la voyelle près…

Dès notre entrée, nous fûmes bien accueillis. Nous étions les seuls clients et M. Chan nous pris tout de suite en main. Deux petites tapes dans les mains et voilà son fils arriver. Du bas de son mètre soixante, Chi Chan était pourtant plus grand que son père. Comme son père, il dégageait une énergie presque exagérée révélatrice d'une ambition démesurée dont seuls les vrais vendeurs sont capables. La répartition des rôles était simple : M. Chan s'occupera du marié, son fils, des deux témoins qui m'accompagnent.

Ne mélangeons pas serviettes et torchons. Je choisis la couleur chocolat, chocolat noir avec un nuage de lait.

L'essayage pouvait maintenant commencer.

Georges et Vince s'amusaient comme des enfants, je les entendais se chamailler dans la pièce d'à côté, se chambrer même, alors que je restais concentré sur le choix du tissu, sa texture et surtout son accord avec la chemise. En bon professionnel, M. Chan me coachait avec passion, il s'agitait dans tous les sens, retroussait mes bas de pantalons, ajustait mes manches, me demandait d'essayer d'autres tailles, d'autres chaussures, etc. Je commençais sérieusement à désespérer y arriver, transpirant de plus en plus à force de gesticulations. J'hésitais donc à conclure la transaction sans trop de conviction quand soudain, sur la demande M. Chan, constatant avec bonheur la boutique se remplir d'autres clients, entra en salle leur vendeuse, leur unique vendeuse. Petite précision, le caractère unique vaut plus pour la vendeuse à proprement parler que pour son statut de vendeuse bien évidemment. Alice. Unique était le mot.

Un ange. Alice est une charmante trentenaire d'un mètre soixante, soixante cinq, là encore très approximativement. Elle est petite, fine et ses proportions me semblent tout de suite parfaites. Ses cheveux sont lâchés, bruns mi- longs tombant sur les épaules, les yeux marrons ou noirs, quoiqu'il en soit foncés mais tellement doux, tellement fragiles. Des lèvres, un sourire ! Le genre de sourire qui vous encourage, qui vous rappelle que le bonheur existe, qu'il peut vous tomber dessus comme par magie lorsque vous ne vous y attendez plus. Il s'invite dans toute sa blancheur quand il est aux éclats. Le sourire naturel par excellence qui vous dit que finalement la vie est simple, qu'il ne faut pas forcément chercher derrière les apparences. Parfois, le bonheur est simple d'accès, juste là, devant, à portée de mains. Quoi de plus beau que de la voir sourire encore et encore, que de s'imaginer faire jaillir une joie si vibrante chez cette inconnue ? Elle est heureuse de vivre, cela se ressent tout de suite, pour elle, pour deux, pour trois. Ses yeux brillent de malice. Ils s'accordent si bien avec sa bouche. Elle est heureuse et cela me rend heureux.

Il y a deux choses qui m'ont toujours rendu heureux chez les autres : les voir malheureux avec l'espoir de les sortir de leur tourmente ou bien les voir heureux, fondamentalement, avec un tel degré de rayonnement que vous pouvez sans aucun problème vous réchauffez à leur simple contact. Dans le premier cas, vous êtes au centre de l'action. Et Max créa la joie, rien que ça, un brin mégalo. Vous avez l'impression que vous pouvez réellement servir à quelque chose. Purement égocentrique au départ, le projet de redonner goût à la vie d'une personne en détresse peut être en réalité très altruiste car vous y laissez toujours un peu de vous, un morceau d'intimité caché, voire un secret jusqu'alors inavoué, des non dits éloquents, ou pire, un peu de vos faiblesses. Vous êtes obligés de vous livrer, de donner sans être sûr de recevoir en retour. Le risque est de vous laisser happer par ce malheur, d'y succomber à votre tour et de ne pas vous en sortir.

Dans le second cas, vous ne laissez pas grand-chose, en revanche, vous prenez beaucoup, vous apprenez aussi. Vous remerciez mais vous vous ne sentez pas redevables. Vous apprenez la simplicité d'être heureux, juste en étant avec.

Alice fait partie de cette catégorie de gens. Oh Alice, sainte Alice, souris moi de nouveau et je serai guéri. Un grand fracas me rappelle au monde. La tête ailleurs, au pays des rêves, je viens de rater la marche du tabouret de travail de M. Chan. Je suis étendu par terre sur mon nuage en moquette vénitienne. Alice rit aux éclats. Le moment est doux, je suis aux anges. Une glissade aux pays des merveilles.

La réalité reprend. Après m'avoir aidé à me relever et après s'être courbé à de multiples reprises en guise de compassion je présume, M. Chan part me chercher un verre d'eau me laissant seul dans le recoin de la boutique avec Alice. Je n'ai pas mal à la jambe, je n'ai pas mal du tout, je vais juste imploser.

Mon corps brûle de l'intérieur. Comment une inconnue peut-elle susciter en moi tant d'émoi ? Nous n'avons même pas encore échangé. Deux ou trois mots balbutiés tout au plus : ahhhh, ça va, rien de cassé ? Désolé... Plusieurs regards certes et ma grosse maladresse. Nous nous regardons. Nous nous explorons serait plus juste. Nous hésitons enfin et nous désespérons lorsque M. Chan revient. Ding dong, on se réveille. Après m'avoir salué d'un sourire complice, et sur signe de M. Chan, Alice se retire dans l'arrière-boutique. Peut-être a-t-il compris qu'elle était l'élément perturbateur, qu'il ne fallait pas que je termine sur une civière s'il voulait me voir insérer ma carte bleue dans l'appareil. Je la reverrai, pas aujourd'hui mais je la reverrai c'est certain. On peut passer à côté d'un ange quand on a 20 ans, on ne le fait pas quand on en a 30. A 30 ans, on connaît le prix du bonheur. Pour l'instant, il faut me contenter de la compagnie très pragmatique du petit patron vietnamien et des deux compères qui m'ont rejoint pour se moquer lorsqu'ils m'ont entendu tomber. Chi Chan aussi est là, tout le monde est au petit soin, l'heure de passer à la caisse arrive. Je ne me souviens plus très bien des minutes qui ont suivi. Je passe mon temps à la chercher derrière la porte opaque qui donne sur les coulisses de la boutique aux trésors, Georges et Vince me parlent, ils rient encore beaucoup de ma chute inattendue, ils ont compris qu'une fille, vendeuse de surcroît légèrement aperçue quelques minutes plus tôt, n'y était pas pour rien. Ils ont dû la remarquer aussi. Elle ne doit pas laisser les hommes insensibles, non pas qu'elle soit spécialement belle mais parce qu'elle rayonne naturellement et réchauffe forcément tout être vivant normalement constitué se trouvant à proximité.

Nous avons nos costumes, nous payons, nous sortons.

Je survole.

Une fois dans la rue, je revois le visage d'Alice. Il se répète en boucles dans ma tête. Tantôt avec un sourire de coin, tantôt avec les yeux humides, et puis de nouveau avec un vrai beau sourire. Je ne veux pas arrêter la bande, les images s'enchaînent jusqu'à épuisement. A chaque lecture, je suis perturbé, un mélange de plaisir et de frustration, une douce amertume je crois.

Je ne sais pas si je suis amoureux mais je suis bouleversé car il n'y a pas de mots pour décrire ce que je ressens. Peut-être est cela un coup de foudre ? Et pour cause, j'ai effectivement du me brûler quelques neurones ; le phrasé n'est plus, c'est de physique dont il s'agit. Seuls mes viscères me comprennent. Elles me lancent, se pelotonnent en une boule de feu pour m'envahir le ventre et rétracter mon cœur en mode protection. Vince me questionne sur la vendeuse, me demande ce que j'en pense, si elle me plaît. Je coupe sèchement court à cette conversation que je veux absolument éviter. Je veux juste rester seul avec son souvenir avant qu'il ne s'évanouisse. Vite, vite. Je remercie brutalement mes amis et leur fausse compagnie.

Ils me regardent m'éloigner, interloqués, un peu choqués par mon comportement.

Ils me comprendront plus tard, il faut bien qu'émotion se passe.

Chapitre 8 : CHATEAU LE GRAND

Un mois et demi déjà que j'ai perdu cet improbable pari. Le temps passe, je suis à la moitié du chemin.

C'est l'heure du premier bilan : costume ok, prêtre ok au bémol près de le revoir sous 3 jours, traiteur ok totalement délégué à Katarina à qui je fais entièrement confiance niveau cuisine chic et branchée à la fois, lieu de la réception ok aux dires de Nicolas (à confirmer), DJ ok, témoins du marié ok. Me reste donc : les fleurs, les invitations à lancer, le parcours spirituel à terminer et ma femme à trouver.

Je suis donc bien en retard sur le planning. Katarina en est consciente, Nicolas aussi. Les autres s'en amusent. Georges m'appelle tous les jours pour me rappeler dans quelle galère je me suis embarqué et se moquer de moi au passage. Jean Michel m'appelle aussi régulièrement, il fait le compte à rebours, me dit à quel point ses parents vont être ravis d'être invités à la cérémonie et raccroche avec un rire de héros de cinéma diabolique. Vince est plus compatissant, il me demande si j'ai besoin d'aide, propose de s'occuper des fleurs, essaie de savoir où j'en suis avec Estelle, si j'ai revu la mystérieuse vendeuse.

J'ai besoin d'air, le délire me guette, Katarina et Nicolas ont décidé de prendre les choses en main. Je ne m'occuperai donc pas des fleurs, ni des cartons d'invitation. Aujourd'hui je vais visiter le lieu de la réception avec Nicolas, demain j'ai rendez-vous avec Estelle. Après demain sera un autre jour et celui d'après ma seconde rencontre avec l'Abbé.

A quarante-cinq minutes de route au Sud de Paris, nous voilà donc arrivés devant l'imposant portail en fer forgé du Château Le Grand. Nicolas trépigne d'impatience à l'idée de me présenter sa trouvaille.

En temps normal, cela aurait dû m'inquiéter mais il n'en est rien, je suis même plutôt confiant, serait-ce là du fatalisme ou de l'abandon ? Quoiqu'il en soit, tout va bien, les lieux sont magnifiques, tout simplement magnifiques. Nicolas a déniché un petit havre de paix pour la réception qui suivra la cérémonie religieuse. Il s'agit d'un domaine de vin où les jardins très soignés jouent un rôle prédominant. Oui oui, il y a du vin en région parisienne, mieux vaut éviter de le boire quand même. Le propriétaire des lieux a voulu associé sculptures modernes géantes et balade bucolique au milieu des champs de vignes, ce qui donne à l'ensemble un effet « kitch » mais somme toute réussi. Il y a parfois du bon dans les mélanges de genres, ils peuvent vous faire perdre vos repères pour mieux vous évader et vous divertir, vous démontrer que dans la nouveauté il peut y avoir du bon aussi, que finalement la vie n'est pas figée, son incarnation sur terre encore moins. Très beau cadre donc, il me tarde de voir la toile, là à l'intérieur. La visite des lieux tient ses promesses, les pièces sont immenses, belles, pleines d'histoire, de cette histoire avec un grand « H » où l'on s'imagine des têtes couronnées en train de comploter, de parader en collant moulant et pantalon bouffant, la fraise autour du cou. Une époque révolue, récitée par cœur qui a construit notre présent et occuper nos têtes d'écoliers pendant de longues années. Ces lieux me renvoient donc à l'Histoire commune, celle de la France mais aussi à mon histoire de jeune garçon récitant debout ma leçon et remerciant ma jeune amie Katarina de m'avoir soufflé le bon mot au bon moment. Ecole Jeanne d'Arc. J'aime la France, j'aime l'Histoire. Elle vous situe dans le monde et vous rappelle qui vous êtes, une si petite chose au regard du temps mais avec tellement de pouvoir dans le moment présent.

Comment donc pouvaient être ces gens à l'époque des rois et autres monarques en culotte courte. Etaient-ils meilleurs que nous ? Plus inconscients ou plus courageux ? Avaient-ils peur de l'avenir, de la perte matérielle, sentimentale ? Quoiqu'il en soit, ils auront marqué leur époque par des convictions assumées même si certaines n'étaient pas très louables. Sans doute étaient-ils d'abord eux-mêmes avant d'être une pâle réplique de héros hypothétique et surtout utopique. Oui je pense que c'est cela, il manque du courage aux hommes d'aujourd'hui, le courage de vivre en homme libre et de défendre ses opinions, d'autres diront, d'être soi-même tout simplement. Mais c'est un lourd débat et je préfère me recentrer sur la beauté du moment offerte par ces lieux.

La visite continue. Fait marquant et très révélateur : alors que nous circulons de pièce en pièce à la découverte de ce lieu symbolique, je pense et repense à Alice. Elle me manque, non pas elle car je ne la connais finalement pas mais son sourire, sa voix aussi, son visage bien sûr. C'est son image qui me manque, ce qu'elle pourrait être pour moi, l'idée que je m'en fais. Alors, je l'imagine à mes côtés m'agrippant le bras et s'extasiant sur la beauté des lieux et la hauteur des plafonds, mélange de déjà vu dans les films et d'espoir secret intime. Nous marcherions ensuite dans les jardins du château au milieu des vignes entre terroir et tradition, amour éternel et passion. Le tableau idéal pour l'homme de terre que je suis. Le paysage viticole m'a toujours inspiré. C'est un paysage naturel au départ puis façonné par la main de l'homme pour en tirer le meilleur jus si je puis dire.

Cette balade champêtre me rappelle d'ailleurs la force de la Nature et comme il est important de prendre le temps de s'y ressourcer de temps à autre.

Nicolas me sort de ma rêverie verte. Qu'en penses-tu ? me lance t-il.

Bien, très bien, je dois reconnaître que lorsque Rembrandt fait dans le classique, c'est plutôt réussi. La visite se poursuit comme elle a commencé, dans le calme et le silence apaisant, le parquet craquant sous nos pas curieux.

En quittant les lieux, Nicolas me dit que ce mariage sera un beau mariage comme on les espère toujours.

Je ne peux que le croire

Chapitre 9 : CONFESSIONS INTIMES

J'ai décidé de revoir Alice, c'est viscéral presque vital même ; mais c'est Estelle qui se tient en face de moi pour le moment.

C'est très déstabilisant quand on est « fleur bleue » comme moi. Deux minutes avant qu'Estelle n'entre en scène, je pensais et repensais à Alice, à ma façon de l'aborder, de lui proposer un café, à mon délire amoureux et à toute la sincérité que je pourrais mettre dans mes dires pour la convaincre de m'épouser ; à ma folie furieuse et instinctive, à ma bonne étoile. Et puis voilà, Estelle arrive. Je la vois s'avancer vers moi. Nous nous sommes donnés rendez-vous dans les jardins du Luxembourg pour parler un peu et flirter innocemment, probablement. Plutôt fine donc, cheveux raides, longs et noirs, elle a dans sa façon de se mouvoir une classe incontestable. J'aime son allure de femme fatale, elle représente l'idée même que je me fais d'une femme au sens primitif du terme, classieuse comme dirait ma sœur. Son approche est à la fois sûre et maladroite, comme si elle savait vraiment où elle voulait aller mais avec un manque de confiance évident. Maintenant face à moi, elle me ramène à elle en un sourire. Je m'éloigne de la pensée d'Alice, tout du moins provisoirement. Avantage à l'instant présent et au palpable (façon de parler). Décidément je suis trop influençable.

Elle est souriante comme toujours mais de ce sourire contrôlé qu'il ne faut pas exagérer pour garder la distance sociale qu'on lui a inculqué. Après avoir échangé quelques banalités tout en marchant dans les allées gravillonneuses du jardin, nous décidons de nous asseoir sur un banc et de prendre le temps des premiers regards plus intimes et des mots qui font rougir. Tout naturellement, la conversation se recentre sur notre dernier week-end au bord de l'océan. Ce fut une bonne parenthèse. Estelle me dit avoir pensé beaucoup à moi depuis.

Elle me raconte alors son passé sentimental, la douleur qu'elle a éprouvée quand son monde de mère de famille s'est effondré à l'annonce du départ de son mari. Avec recul, elle se dit que ce n'est pas tant le fait qu'il soit parti pour une plus jeune qui l'a détruite mais qu'il soit parti tout court. Elle y avait mis tant d'énergie et d'optimisme pour construire sa vie, tant de croyances et d'espérance. Son avenir était tracé. Habitudes, sérénité et projets en tout genre étaient son quotidien. Certes, son mari démontrait parfois des signes d'énervement et d'éloignement le rendant agaçant mais après tout les hommes sont parfois « chiants » (l'inverse étant tout aussi commun pour 50% de la population…). Les hommes ne raisonnent pas comme nous se disait-elle pour se rassurer mais ça lui passera. Et puis l'orage a éclaté, la foudre s'est abattue sur le cocon familial, celui-là même qui paraissait intouchable ; exterminant toute forme d'espoir sur son passage. Quelle pourra bien être la vie à présent, celle de son fils bien sûr mais aussi la sienne ? Comment a-t-elle pu se tromper à ce point sur celui qu'elle avait choisi plusieurs années auparavant ? Comment récupérer cette hérésie ? Comment pardonner ou reconstruire ? Qu'avait-elle donc fait pour mériter ça ? On est pas câblé pour ça, on ne nous apprend pas ça quand on nous parle d'amour, quand on écoute nos parents. On nous donne les ingrédients pour construire : un peu de patience et de dévouement à l'autre, de l'écoute, beaucoup de naturel et de positif, une pincée d'autonomie et surtout une grosse dose de sexe mais que fait-on quand le soufflet dégonfle ? La recette ne le dit pas.

Quel est donc ce nouveau monde sur lequel nous venons de nous crasher ? En sortira t-on vivant ?

Elle marque un temps d'arrêt comme essoufflée d'avoir dû revivre cet effort en accéléré. Elle doit reprendre ses esprits avant de me raconter une suite que je pressens déjà. Après le temps de la colère et de l'incompréhension avait dû succéder le temps de la réconciliation ou plutôt de l'essai de réconciliation. N'arrivant plus à communiquer avec son mari ou surtout à faire confiance, Estelle se sera tournée vers une forme d'amusement tout aussi déroutant qu'illusoire et de toute évidence inutile. Et puis viendra le temps de se poser, de reprendre des forces avant de reconstruire, de rebâtir. Une cathédrale ne se construit pas en 3 jours, autant avoir recouvré toutes ses forces.

Alors que je l'écoute, je prends de nouveau conscience du sérieux de ce que je m'apprête à faire en allant au bout de mon pari et me plonge alors dans un questionnement à la fois furtif et profond. Les affres de mon interrogation ne durent fort heureusement pas car voilà qu'Estelle me prend par la main, comme une invitation au bonheur. Avant qu'elle ne reprenne la parole, je me dis que c'est à mon tour d'agir ou tout du moins d'ouvrir ma bouche de sorte à faire sortir quelques sons bien appropriés. Tout en caressant sa main qu'elle m'a gentiment confiée, je lui exprime ce que je pense ressentir évitant de trop en dire sous l'émotion du moment.

Elle est pour moi déstabilisante. A première vue très forte voire même cynique avec la vie, elle m'apparait de plus en plus touchante, son cynisme apparent laissant place à une forme de réconfort finalement. Je ne suis pas doué pour les mots et les sérénades amoureuses.

L'écoute oui, l'analyse aussi. Me manque l'action. Allez, action maintenant me dit mon fort intérieur.

D'un bond je me relève donc l'invitant en lui pressant la main à en faire de même. Une fois debout, je la regarde fixement de manière à lui faire comprendre tout ce que je n'arrive pas à lui dire. Je m'approche alors pour l'embrasser.

Elle se laissera faire c'est certain, je l'ai lu dans ses yeux préalablement. Oui, elle se laisse faire. Le moment est doux et particulièrement agréable. Nos langues enlacées valsent à l'intérieur de nos cavités buccales suspendant, le temps d'une apnée, interrogations et histoires à régler. Deux adolescents découvrant les moiteurs des langues qui se caressent dans un affolement sensoriel.

Les choses se compliquèrent lorsque je me reculais. L'instinct m'avait poussé à l'embrasser, ce même instinct m'encourageait à partir pour ne pas aller trop loin, pour ne pas blesser. Car c'est bien à Alice que je pensais à nouveau.

Quelques excuses légères plus tard, baragouinage de circonstances et autres facéties d'homme sans courage, je me retrouve seul dans la rue, je me questionne, essaie de me raisonner mais en vain. J'ai le cœur qui bat, vite trop vite pour un jeune homme de mon âge qui est juste en train de marcher. Il s'affole car mes pensées s'affolent, il suit tout simplement les galops de mon âme. Je prends la direction du métro pour la Porte d'Orléans, puis rue Ho Chi Minh où se trouve le show-room de M. Chan et ma vendeuse fantasmée.

Oui, je la fantasme, je la glorifie même. Capter son âme pour la mettre en cage. Mon Dieu, si loin de moi en ce moment et pourtant si présente. Je veux la sentir près de moi, mais pas comme ça, pour de vrai, avec des sons, des regards, des gestes et pas uniquement des souvenirs. Je veux de la vie avec elle, je veux sa vie pour créer la nôtre.

Porte d'entrée, inspiration, mouvement de bras et tension dans le doigt, je sonne. La porte s'ouvre, 2ème étage gauche, la porte du palier s'ouvre à son tour. M. Chan est surpris de me voir. Avant même que je puisse m'exprimer il me rappelle que les retouches des costumes ne seront pas prêtes avant encore 2 ou 3 jours comme il était entendu. Je le rassure sur le sérieux que je porte à son travail et à ses produits et lui explique que je souhaite m'entretenir avec sa vendeuse arguant des raisons personnelles tout aussi obscures qu'évasives. C'est donc peu convaincu je crois que M. Chan appelle Alice en claquant 3 fois des mains. Salariée bien disciplinée, Alice apparaît rapidement. Etonnée de me voir, elle s'avance. Son patron recule. Il disparaît derrière de gros rideaux délimitant la salle d'essayage du hall d'accueil. Seul avec elle, mon souffle est suspendu.

- « Que puis-je faire pour vous ? » me dit-elle,

Grande respiration, recul sur le monde et sur le sérieux que nous y apportons à tort, sourire et action :

- « Je souhaiterais vous inviter à boire un verre. Les apparences sont trompeuses je sais. Je vais me marier et c'est pour cela que je fais appel aux services de M. Chan certes, mais c'est un peu plus compliqué que cela, disons qu'elle n'est pas là, enfin pas encore. En fait je suis libre et très désireux de vous inviter à boire un verre pour vous expliquer tout cela en détails. Car maintenant je vous dois des explications. Vous ne pouvez pas me laisser partir sans me laisser la chance de me justifier. Je m'enfonce. Je me noie.

Dites oui, s'il vous plaît et vous comprendrez. »

- « Oui ».

Un oui doublé d'un sourire en prime. Un oui tout simplement, 3 lettres que je bénis car elles commencent par un « o ».

- Elle enchaîne : « rendez-vous en bas de l'immeuble à 18h lorsque je quitte le travail ? Je dois y retourner, à toute à l'heure Monsieur Max ».

Je manque de me prendre la porte dans la figure en sortant. Elle était refermée bien évidemment.

Sur le perron de la porte d'entrée, je regarde ma montre : « 16h02 ». Ok, 2 heures pour trouver un scénario qui tienne la route et qui m'évite d'exposer crument la vérité et d'être catalogué dans les pervers ou les détraqués dès le premier rendez vous.

18h, je suis bien sûr devant la porte de l'immeuble, impatient de la voir sortir, ce qu'elle ne tarde pas à faire. A défaut de savoir où je vais, j'ai répété mes premières phrases et l'invite donc avec beaucoup de politesse à aller boire un verre dans le café du coin de la rue d'en face. Une fois assis l'un en face de l'autre et après avoir passé commande de mojitos réputés particulièrement bons dans cet établissement, Alice m'avoue être surprise par cette invitation. Ce n'est pas commun me dit-elle de se faire inviter par un homme venu acheter son costume de marié quelques jours plus tôt.

Quelque soit le plan que j'ai pu élaborer en l'attendant, je comprends alors qu'il me faut être honnête avec elle, que je ne pourrais pas m'engager dans la vie que je pourrais imaginer avec elle sans franchise et honnêteté intellectuelle. Je décide alors de lui dire la vérité. Le pari, stupide certes mais tellement engageant et courageux si on se force à regarder le bon côté des choses, mon intérêt, sincère, pour un mariage, mon célibat toujours réel, ma préparation au mariage, civil et religieux, et surtout mon vertige depuis que je l'ai rencontré fortuitement. Vertige je lui rappelle qui m'a conduit à finir à ses pieds... Je n'ai honte de rien, j'assume tout, j'assumerai tout, même ce côté excessif ou enfantin qui vous fait vous passionner, qui vous fait aimer sans réfléchir, qui vous fait vivre en résumé.

Elle m'écoute avec sérieux je crois, peut-être est-ce plutôt de la peur ou de l'incompréhension, mais ce qui est sûr, c'est qu'elle semble de plus en plus distante. Sa manière d'aspirer violemment le fond de son verre de mojito au point d'en avaler les feuilles de menthe par la paille m'indique qu'elle a du mal à comprendre ou tout bonnement à s'imaginer au milieu d'un scénario quasi burlesque où elle pourrait tenir le rôle principal de l'héroïne qu'on épouse à la fin du film !

Ma tirade terminée, elle ne sait pas quoi répondre. D'ailleurs, elle remettra sa réponse à plus tard quand les cochons auront fini de voler, que les idées claires seront revenues si tant est qu'elles reviennent car elle a du mal, dit-elle, à croire ce qu'elle vient d'entendre. Au final, elle s'excuse, me dit être touchée par mes mots et se retire en me faisant signe qu'elle a bien noté mon numéro de téléphone au début de la conversation avant que les choses ne se compliquent, avant que la réalité maxienne fasse son effet…

Je la regarde donc s'enfuir, soulagé d'avoir pu m'exprimer, d'avoir pu évacuer ce trop-plein de sentiments pour elle mais conscient aussi qu'elle ne me rappellera pas.

Oui, c'est évident, elle ne me rappellera pas.

Chapitre 10 : DIVIN MENSONGE

L'heure du grand pardon a sonné. La grande supercherie plutôt car il n'est toujours pas prévu de dévoiler la vérité.

- « Es-tu prêt mon chéri ? » me lance amusée Katarina, « Nous devons y aller, je ne voudrais pas faire un mauvais effet à l'Abbé pour notre première rencontre ».

Nous y sommes, c'est aujourd'hui que je revois l'Abbé pour lui présenter ma future épouse, Katarina ou devrais-je dire Julie comme me l'a rappelé judicieusement Nicolas.

Nous n'avons pas révisé, nous nous connaissons bien. Katarina est la femme parfaite pour endosser le rôle de la future madame Max. Elle prend son rôle très au sérieux et je dois reconnaître être ému quand elle sort de la salle de bain apprêtée en working girl aimante et toute en beauté. Maquillage de circonstance, pas trop chargé et relevant parfaitement l'intensité de ses yeux bleus ; chemisier vintage suffisamment coloré pour fêter l'événement et jupe mi genoux serrée laissant toute liberté à ses jambes mesurées, que je constate d'ailleurs très bien dessinées. Je me projette alors avec une femme, la mienne. Que se doit être bon d'être accompagné réellement avec la complicité qui va avec et pas seulement pour les apparences. Il est grand temps que je mûrisse.

C'est donc bras dessus bras dessous que nous avançons d'un pas décidé vers la paroisse sainte Sophie pour affronter nos propres mensonges. Le plan est simple : nous devons en dire le moins possible, juste ce qu'il faut pour répondre à la question ; la vérité sur l'histoire de Julie et Max au mensonge près d'un prénom tout simplement.

La paroisse est austère comme grand nombre d'édifices religieux, froids par obligation, glacials par l'histoire qu'ils racontent. Pourtant mon cœur est léger, je suis tout simplement heureux d'être ici avec Katarina, j'en oublierai presque Alice et notre rendez-vous raté. Que fait-elle ? Que doit-elle penser ? Pense-t-elle au moins à moi ? Katarina me sourit, amusée par l'incongruité de la situation. Elle me sert un peu plus le bras pour me signaler qu'elle est bien là, qu'elle ne risque pas de me laisser tomber.

L'abbé nous accueille avec un grand sourire et beaucoup de générosité. Il nous invite à nous asseoir et me demande de lui rappeler le prénom de ma charmante fiancée. Julie dis-je avec beaucoup d'assurance. Il veut savoir comment nous nous sommes rencontrés et comment nous en sommes arrivés à faire le choix du mariage. C'est très naturellement que Katarina commence à raconter notre histoire ; nos premiers jeux d'enfants à l'école maternelle du petit village girondin dont nous sommes tous deux originaires, l'amitié très forte entre nos deux familles qui facilitait les échanges entre nous et bien sûr notre éloignement forcé lorsque nos parents l'ont décidé sans nous consulter. Katarina enchaîne avec nos retrouvailles sur les planches plusieurs années plus tard. A l'époque nous n'allions pas au même lycée mais partagions un même « club » de théâtre. Je découvris alors tout l'intérêt que me portait Katarina. Bien sûr nous avions déjà parlé de nos retrouvailles à de nombreuses reprises mais jamais je n'avais ressenti une telle émotion dans les mots que Katarina utilisait ici et maintenant pour les décrire à nouveau. J'appris donc que malgré notre jeune âge et notre pouvoir d'adaptation, Katarina n'avait pas cessé de penser à moi pendant les 5 ans de notre séparation. Elle imaginait régulièrement ce que je devenais se demandant si je faisais de même. Elle se demandait aussi si nous nous reverrions un jour, si nous nous reconnaîtrions avec des rides en plus, des cheveux en moins ou des kilos en plus. Lors de ces moments de doute, un léger haut le cœur l'envahissait car elle se soumettait l'espace de quelques secondes à la probabilité de ne peut-être plus jamais me croiser. Et puis la vie reprenait, endurcie par notre capacité d'oubli ou tout du moins d'occultation. C'est ce qu'on apprenait au théâtre, à aller de l'avant, à sortir de sa zone de confort pour se confronter aux autres, à l'inconnu. Ouvrir sa bouche haut et fort sans savoir qui se tient en face de nous, sans savoir ce qu'on a vraiment à l'intérieur si ce n'est l'envie irrépressible de vivre et de le crier au monde. Il m'arrive de penser parfois que c'est notre sensibilité commune qui nous a réuni sur les planches, un partage de sensations à exprimer, pour mieux se découvrir.

L'abbé écoutait avec attention. Notre histoire était belle et transpirait la sincérité. Nous étions faits pour nous retrouver et tout naturellement ne plus nous quitter dit-il. L'émotion du moment avait clairement pris le pas sur le jeu et je manquais à une syllabe près d'appeler ma compagne par son vrai nom lorsque je me tournais vers elle pour l'embrasser tendrement sur la joue. « Katajulie » était bienveillante avec moi, c'était une fille bien,

bien pour moi j'entends. L'abbé recentra le dialogue sur notre envie de nous marier et nous demanda ce que cela représentait pour nous.

Après la longue tirade de ma bien aimée, c'était tout logiquement à mon tour de poursuivre l'histoire. Longtemps j'ai cru que le mariage était une aberration. Il n'y a qu'à regarder ses chances de survie pour comprendre qu'il faut être fou pour parier une grosse partie de sa vie sur un avenir qui offre à peine 50% de réussite (et Dieu sait que je m'y connais en pari...). On se lance tout de même dans l'aventure car il faut bien avancer, il faut bien tenter les choses. Et puis, on a toujours autour de nous des exemples de mariages réussis qui traversent le temps avec une solidité déconcertante et parfois inexpliquée. Alors, au-delà du surnaturel, on trouve ça beau, terriblement sexy et on se dit que ça n'arrive pas qu'aux autres, que nous aussi on a droit au bonheur, que nous aussi on va y arriver car on est pas plus bêtes que les autres. Et puis c'est aussi une occasion de faire la fête, de réunir les gens qu'on aime. A ce moment-là on n'envisage pas sa vie autrement, sans l'être aimé à ses côtés, parce que c'est vous, parce que c'est elle, parce que vous l'avez dans le ventre et que vous ne pouvez plus vous en passer, parce que votre cerveau tourne en boucle, parce que son image est incrustée dans votre esprit, parce que vous voulez la voir et la revoir, la toucher et la tenir, parce que vous voulez sécuriser cette appartenance, en garder la possession exclusive, parce que tout simplement vous désirez partager des moments avec elle et rien qu'elle. Vous l'aimez.

Une fois de plus, l'Abbé est sensible à notre réflexion et valide notre démarche. Il faut croire que nous sommes les mariés idéaux. Qui l'eût cru ? Deux éternels célibataires recentrés sur leur propre vie qui prennent juste le temps d'écouter ce qu'ils ressentent et surtout de se le dire même de manière détournée.

La deuxième partie de rendez-vous est réservée aux aspects logistiques de la cérémonie. En bonne organisatrice, Katarina cale les derniers détails avec l'Abbé Michou : fleurs blanches en quantité, musique céleste et textes liturgiques bien choisis sont au programme des festivités religieuses. Et les lunettes ? A-t-on droit nous aussi aux lunettes bleues ?

Alors que la conversation touche à sa fin, je prends Katarina par la main, non pas pour jouer la comédie, mais juste par envie. Ce sera notre moment, c'est sans doute cela ce que voulait voir l'Abbé en nous conviant ici.

Je crois que c'est aussi ce que je veux.

Chapitre 11 : J – 30

Le compte à rebours a démarré, moins d'un mois pour trouver ma moitié. La logistique a bien avancé grâce à Katarina et Nicolas bien sûr mais côté cœur je stagne. Estelle m'a rappelé, elle a besoin de comprendre. Je n'ai pas répondu, j'ai besoin de comprendre aussi avant de lui parler. Quant à Alice, pas de nouvelle. J'hésite à me rendre de nouveau à sa boutique mais je tiens bon. En fait, j'irai demain pour récupérer les costumes. Vince m'a proposé d'aller les chercher à ma place. J'ai bien évidemment refusé.

En attendant, je pense à ce que je pourrais lui dire pour m'expliquer lorsque la sonnette de ma porte d'entrée retentit. Je regarde par le judas. C'est ma mère. Les cartons d'invitation au mariage ont dû arriver. L'orage gronde.

J'ouvre. Tel un lion bondissant hors de sa cage, ma mère déboule dans mon appartement.

- « Elle est où ? » rugit-elle, « où est cette petite ? Et toi tu ne m'as rien dit, pauvre de nous, ton père a failli faire un infarctus quand nous avons reçu l'invitation. Tu aurais pu, tu aurais dû nous prévenir ! Qu'est-ce qu'on a fait au bon Dieu pour mériter ça ? Ah maxou, tu nous en fais voir ! Bon, tu me la présentes ? Et comment s'appelle-t-elle d'ailleurs ? tout juste « une moitié » sur le carton, ce n'est pas un nom, tu te moques de nous mon chéri ? Ma chérie où es-tu ? c'est belle maman ».

Pitié, je n'ai pas assez dormi pour rester debout au milieu d'une tornade. Pourquoi les mères arrivent-elles toujours quand on ne les attend pas ? Elles frappent à la porte de vos interrogations sans prévenir juste par sensation parce qu'elles vous connaissent bien. Elles visent souvent juste car elles vous ressentent de l'intérieur, dans les viscères de la création.

Elles vous emmerdent de bienveillance étouffante et maladive, rassurante et abrutissante. Vous ne pouvez pas les repousser, elles font partie de vous et au fond de vous, vous aimez ça.

Toujours est-il que le temps des explications a sonné. La vérité n'ayant pas convaincu Alice je doute qu'elle convainque ma mère d'autant que cette dernière est sans doute encore moins disposée qu'une inconnue à entendre mes élucubrations de jeune garçon qui voudrait devenir homme coûte que coûte. Mes parents ont besoin d'être rassurés. Ce que je leur propose est irrationnel, inconcevable, inimaginable d'autant qu'ils l'attendent ce mariage depuis des années avec toutes les promesses que cela implique dans un second temps, je pense aux petits-enfants bien évidemment.

Alors allons-y gaiement, plouf plouf, ce sera toi. Elle s'appelle Estelle, elle est très belle et très gentille mais elle s'est absentée et ne reviendra pas avant plusieurs heures. Il est donc inutile de l'attendre. D'ailleurs nous ne vivons pas encore ensemble, nous nous fréquentons régulièrement certes, nous voulons faire notre vie ensemble il est vrai mais nous ne cohabiterons qu'après le mariage.

Dring. Dring. Encore la sonnette. Encore le judas. Encore des ennuis.

Impossible mais vrai, Estelle est devant ma porte. Elle est venue chercher des explications, comme ma mère. Mais qu'on donc ces femmes dans leur tête pour toujours vouloir tout savoir et tout comprendre. Et la part d'inconnu là-dedans, de doux hasard qui rend la vie plus distrayante et plus amusante pour les hommes. Les femmes n'ont-elles pas elles aussi cette insouciance enfantine dont les hommes ont du mal à se défaire ? Elle est où ? Pas là, pas là, pas là.

La sonnette retentit encore. Poignée dans la main, j'hésite, je balbutie, je panique, je désespère, je sue, je me concentre, je gagne du temps avant de m'en remettre à la chance. Décidemment, c'est jour de fête.

- « Tu n'ouvres pas ? » me questionne ma mère,

Si bien évidemment que je vais ouvrir, ai-je le choix ? Me voilà pris au piège. Un joueur ne sachant pas jouer ne doit pas jouer. Inspiration, action.

J'ouvre la porte, et avant qu'elle n'ait pu ouvrir la bouche, embrasse Estelle en l'enlaçant affectueusement et en l'invitant à rentrer.

- « Je te présente ma mère mon amour. Tu tombes à pic, elle est venue spécialement pour te voir avant le grand événement ».

Je vous laisse imaginer la suite.

Estelle, d'abord stupéfaite (ses pupilles se dilatent plus que d'accoutumée et ses fossettes se crispent machinalement), reste muette pendant que ma mère l'embrasse à son tour en lui exprimant toutes ses félicitations d'usage.

Moi, je prie, de toutes mes forces. Sous le flot de paroles maternelles, Estelle comprend vite de quoi il s'agit et sans réellement se prendre au jeu, considère que je mérite une plaidoirie avant de me jeter aux lions ou plutôt à la louve qui lui fait face. Estelle affiche donc le sourire d'usage et remercie pour les congratulations.

Elle se veut pleine d'espérance et de joie et pousse même la plaisanterie à saluer ma mère d'un « belle maman » mémorable lorsqu'après une demi-heure de papouilles en tout genre (tactiles et verbales) cette dernière se décide à quitter les lieux pour rejoindre Freddy, notre vieux chat boiteux qui a su garder un très bon appétit et qui doit être affamé à cette heure-ci.

Plus tard, quand elle me rappellera pour le débriefing d'usage, forcément, ma mère la trouvera mignonne, a priori très gentille mais pas très bavarde, sans doute était-elle fatiguée par tous les préparatifs argumenterai-je.

Seule avec Estelle, il me faut maintenant me justifier. En fait, ce petit exercice d'improvisation l'a beaucoup amusé me dit-elle. Et puis elle adore que je l'embrasse par surprise, c'est la seconde fois et elle espère grandement que ce ne sera pas la dernière. Elle me demande tout de même ce qu'un mariage vient faire dans la conversation. Elle ne l'a pas pris au sérieux bien évidemment, comment le pourrait-elle ? La future épouse ne serait pas au courant de son propre mariage, soyons sérieux. On ne badine pas avec cette institution surtout avec quelqu'un qui en a déjà raté un. N'est-ce pas Max, soyons sérieux ? Que signifie tout cela ?

Je lui explique alors que ma mère a pensé tout haut, qu'elle espère tellement voir son seul fils se marier qu'elle a tout de suite imaginé le meilleur en la voyant et surtout en m'écoutant parler d'elle, qu'il ne faut pas qu'elle s'en fasse, que nous n'en sommes pas encore là bien sûr mais qu'à y réfléchir, je pourrais être intéressé, et que si, à tout hasard bien sûr, elle était partante et pressée de franchir la ligne des mariés, on pourrait, sur un malentendu… Eclats de rires d'Estelle, accompagnés de sourires puis de nouveau éclats de rires. Je t'adore Max conclut-elle. Tu es tellement … drôle.

Restée sur mon départ brutal après l'avoir embrassé avec romance et n'arrivant pas à me joindre par téléphone depuis, Estelle était venue chercher des explications en sonnant à ma porte.

Elle fut servie !

J'étais bel et bien perdu. Entre la passion qui me dévorait pour Alice, l'amitié excessive et troublante que je partageais avec Katarina, ou encore la forte attirance physique et émotionnelle que j'éprouvais pour Estelle, je ne savais plus quoi penser et surtout quoi faire.

Chapitre 12 : ALICE

Malgré l'insistance de Vince pour m'accompagner au show-room, c'est seul que je choisis de m'y rendre pour récupérer les costumes mais surtout affronter les fruits de la réflexion d'Alice que je présume mûrs, voire même, périmés...

C'est forcément Monsieur Chan qui m'accueille sur le pas de la porte. Il arbore un grand sourire. Avec trois costumes, trois paires de chaussures et trois ceintures de vendus, ce dernier n'a pas perdu son temps avec moi. En prime, grâce au pouvoir anesthésiant de séduction de sa vendeuse vedette, il aura évité les urgences et la mauvaise réputation associée suite à ma mémorable chute de son tabouret d'essayage. Il m'invite à le suivre dans la pièce principale pour essayer une dernière fois mon costume de marié. Aussitôt les lourds rideaux rouges cloisonnant tirés, mes yeux recherchent frénétiquement Alice. En vain. Elle a disparu. Peut-être est-elle en congés ou encore cachée volontairement dans l'arrière-boutique. Alors même que M. Chan me propose de monter à nouveau sur son terrible présentoir, je me risque, sous l'effet d'une impatience incontrôlable, à l'interroger sur la présence hypothétique de sa charmante vendeuse. Ayant compris depuis longtemps où je voulais en venir, M. Chan me rassure très vite en m'expliquant qu'Alice avait quelque chose à régler dehors et qu'elle ne devrait pas tarder à revenir.

- « Vous voyez, il n'y a pas à vous en faire » conclut-il malicieusement.

C'est donc rassuré que je prends de la hauteur, facilitant de fait le travail de M. Chan. Il ajuste le bas de mon pantalon en tirant dessus, quand soudain, du haut de mon perchoir, j'aperçois Alice entrer dans la pièce tenant un dossier à la main. Que vous êtes jolie et que vous me semblez belle. Si votre langage se rapporte à votre badinage, vous êtes la déesse des hôtes de ce lieu.

Dans un croisement naturel, nos regards se perdent pour mieux s'expliquer pendant que je perds à nouveau l'équilibre. Fort heureusement, je me reprends. Cette fois-ci, je ne tomberai pas ; succomber oui, chuter non. Après m'avoir lancé un rapide « bonjour Max », c'est tout aussi rapidement qu'Alice traverse la pièce et disparaît dans l'arrière-boutique. Sa disparition est de courte durée puisque celle-ci revient aussitôt libre de tout papier, observatrice statique dans un coin de la pièce et semble-t-il, à la détermination de son visage, disposée à m'affronter. Le timing est bon, M. Chan a fini les vérifications d'usage. Je le suis une dernière fois pour payer. Après avoir échangé nos remerciements, M. Chan me salue une dernière fois et se retire intelligemment me laissant face à Alice et peut-être bien à mon destin.

- « Je crois que nous avons des choses à nous dire » me lance-t-elle avec conviction,

C'est donc deux rues plus loin dans un nouveau café qui vient d'ouvrir que nous nous donnons rendez-vous à la fin de sa journée pour la seconde fois en quelques jours. Attention, je pourrais prendre goût à ses rendez-vous d'émotions.

Une fois de plus, je suis déjà installé quand Alice entre dans le café. Elle me rejoint avec le sourire aux lèvres et ses yeux semblent joyeux. Ces indices me rassurent forcément car ils expriment logiquement ce qu'elle ressent de l'intérieur et qu'elle ne peut pas taire.

Elle s'assoit et prend la parole, je l'écoute avec intérêt.

Tout d'abord surprise, voire un peu vexée, par la brutalité et le manque évident de romantisme de ma proposition, Alice a tout de même reconnu le caractère exceptionnel de notre entretien et de notre rencontre. Elle a aussi reconnu avoir eu une attirance inexpliquée et quasi innée pour moi la première fois qu'elle m'a vu, attirance cristallisée dans son esprit par la chute plus mémorable que spectaculaire qui s'en est suivie. Aussi, après avoir cherché des réponses ou des excuses dans les horoscopes de ses magazines féminins préférés, elle a décidé de me revoir pour être certaine de ne pas passer à côté de ce qu'elle appelle sa « petite folie ». La petite folie, c'est comme avec ces gâteaux allongés que l'on appelle mikado, c'est notre faiblesse. On sait qu'en y cédant, on s'expose à de gros ennuis, mais on plonge quand même car on a envie de se perdre, de ne plus se reconnaître, d'être quelqu'un d'autre, un autre qui n'a plus le contrôle. Un laisser-aller dangereux mais palpitant. Ce n'est pas qu'on est malheureux, mais on sent bien qu'on peut ressentir encore plus, beaucoup plus, alors on hésite à se lancer.

Et puis on ne sait pas par où commencer jusqu'au jour où la rencontre, le mot, l'idée ou encore l'image fait qu'on a le déclic, son déclic, celui qui débloque, qui vous hurle que c'est votre moment, pas celui de votre voisin, pas celui de votre sœur, mais le vôtre, celui qui est fait pour vous, qui vous parle à vous, qui vous donne des ailes car l'espoir renaît, fortifié par une confiance inébranlable en l'avenir, totalement irraisonnée mais peut-être pas si irraisonnable que cela.

Après tout c'est de la vie dont il s'agit. Alice se dit que c'est peut-être son moment, qu'elle n'envisage pas encore de se jeter tête baissée dans l'aventure mais qu'elle peut au moins essayer de me connaître pour ne pas regretter. Elle a confiance, elle m'a vu tomber sous l'effet de sa seule présence, elle m'a vu rougir et bégayer quand elle était à mes côtés, elle m'a vu revenir, me livrer, m'excuser, regretter sans doute, désespérer peut-être et revenir encore.

Elle veut tout savoir de mon pari stupide, mais cette fois en détails ; le temps restant avant le mariage, l'avancement de mes démarches logistiques, qui est au courant, les réactions de mon entourage, etc, mais par-dessus tout, pourquoi elle et quel intérêt sincère je porte à toute cette histoire ?

Je lui dis tout, tout ou presque. J'évite bien évidemment de lui parler d'Estelle. En revanche, je ne peux pas contourner le sujet Katarina que je développe avec beaucoup de douceur et de plaisir je dois le reconnaître. Katarina est au centre de ma vie, encore plus depuis quelques mois, c'est indéniable ; l'occulter serait malhonnête. Je lui parle aussi de mes amis, de l'aide précieuse de Nicolas Rembrandt, de la rencontre céleste avec l'Abbé Michou, du château lieu de la cérémonie.

Les heures défilent sans que nous y prenions gare. Je me sens bien. Quelques fois, lorsque je lui rends la parole pour reprendre mon souffle ou pour qu'elle précise son questionnement, je suspends ma concentration sur la discussion pour mieux la regarder. Elle est belle, voilà ce que je me dis. Elle est belle et elle me rendra heureux car je n'ai jamais ressenti ce bien-être pour personne d'autre, ni même en aucune autre circonstance. Ce n'est pas un feu de paille, je la désire depuis les premières secondes comme si l'attraction était mécanique, presque originelle. Lunaire, oui une attraction lunaire. Plus je la regarde parler (je confirme regarder et non pas écouter), bouger, se gratter, rigoler, se pincer les lèvres, se toucher les cheveux, s'amuser, sourire, se frotter les yeux, se lever, se rasseoir, prendre son verre, poser son verre, plus je veux l'embrasser. L'excitation grandit.

Les heures s'échappent donc et je livre presque tous mes secrets. Alice semble reconnaissante et rassurée. Finalement, elle n'est peut-être pas assise en face d'un détraqué. La nuit noire nous rappelle qu'il est déjà tard, lorsque satisfaite de ma plaidoirie, Alice me dit vouloir rentrer chez elle.

C'est en gentleman que je la raccompagne devant sa porte. C'est en homme intéressé que j'accepte son invitation à boire un dernier verre…

La première nuit ne sera pas romantique, elle sera ce qu'elle doit être, comme notre rencontre a été malgré toute son improbabilité. Elle sera surprenante déjouant tous pronostics, forte et violente à la fois, passionnée et passionnante à n'en pas douter pour ceux qui la vivent.

A peine a-t-elle refermé la porte de son appartement que je la tire violemment à moi par le bras. Sans un mot de trop, sans un regard et dans la pénombre de la pièce partiellement éclairée par les réverbères de la rue, je l'embrasse bestialement tout en arrachant ses principaux vêtements. Adieu manteau, gilet et chemisier. Le baiser est long. D'une main je soutiens sa nuque pour faire durer le moment, de l'autre, je caresse maintenant ses fesses petites et fermes, promesse ultime d'un plaisir rêvé. Nos langues tourbillonnent sans aucune logique. Elles vont là où elles souhaitent aller.

Un gémissement, puis deux de sa part. Je me recule alors pour voir où nous en sommes, est-ce du dégoût ou du plaisir ? Du plaisir bien sûr. A son regard, je comprends très vite qu'il s'agit d'une invitation à aller plus loin, qu'elle en veut plus. Ce n'est pas moi, je ne sais pas ce qui m'arrive mais Alice m'affole, je me suis perdu. Je l'attrape alors avec force par les hanches et la soulève littéralement tout en déambulant dans son appartement sombre et inconnu. A la deuxième porte je reconnais une chambre. Sans me demander s'il s'agit de la sienne, je la jette violemment sur le lit.

Elle n'a pas le temps de se relever ni même de se retourner que je la bloque entre mes jambes. Elle sera à moi cette nuit, je vais lui faire l'amour.

Les persiennes filtrent les premiers rayons du soleil quand j'ouvre les yeux. Je suis allongé dans le lit, nu. Alice est à mes côtés. Elle dort encore, elle paraît sereine. Le calme qui règne dans la pièce et la douceur de son visage donnent une sensation de plénitude à ce moment. Ses cheveux lâchés recouvrent d'une ombre noire une partie de son visage. Elle est mon ange et mon démon. Je veux profiter de ce moment, le faire durer encore et encore. Bientôt le réveil d'Alice, les premiers échanges, les premiers mots et les premiers questionnements, les remises en question, pire, les regrets peut-être. Elle commence à bouger, à marmonner. Le visage se tend, les yeux s'ouvrent, sa bouche me sourit. Elle va parler. Non, il ne faut pas. Je ne veux pas t'entendre, je veux encore jouir de cette quiétude, je veux que notre langage reste animal, comme instinctif. Ne mettons pas encore d'étiquette ou de logique à ce qui nous arrive, pourquoi essayer de décrire ce qui est indescriptible. Alors qu'elle s'apprête à émettre son premier mot de la journée vraisemblablement pour me dire bonjour, je l'arrête en vol, lui mets mon doigt sur la bouche et lui grimpe dessus à califourchon. Mes yeux lui disent le reste : restons calmes Alice, pas de précipitation, je t'aime tu l'as déjà compris et je veux que ce moment dure éternellement. Son regard est doux. Je dirige mon sexe tendu entre ses cuisses et la pénètre pour la seconde fois.

Elle s'abandonne à nouveau à mes coups d'amour, ses yeux se ferment, ses mains agrippent les draps et ses lèvres s'entrouvrent. Seuls nos gémissements remplissent le silence de la pièce. Dans la quiétude de ce matin, nous apprenons à nous connaître.

Nous nous aimons déjà.

Chapitre 13 : AVIS DE TEMPETE

Les jours qui suivent sont logiquement intemporels et heureux. Alice et moi passons beaucoup de temps ensemble. Je constate que nous ne parlons pas beaucoup. Nos conversations restent légères et superficielles, non pas qu'Alice n'ait pas la faculté à entretenir une discussion plus profonde mais parce que le désir charnel et l'insouciance l'emportent sur le langage. Nous faisons énormément l'amour. Le temps est suspendu. J'en oublierai même mon pari et me rappelle qu'il me faudra tout de même demander la main d'Alice plutôt tôt que tard.

Le terme de mon pari approche, il me reste 15 jours avant d'entrer dans l'Eglise accompagné. Monsieur Le Maire a réservé son créneau de 15h Samedi 17 et l'Abbé Michou a confirmé la suite des festivités à Katarina après avoir reçu les morceaux de musique que nous souhaitions faire résonner haut et fort lors de notre entrée et de notre sortie de l'Eglise. Nicolas aussi a bien travaillé. Dans un mail récapitulatif, il me dit avoir commandé la piste de danse en teck qui sera montée dans les jardins du château le jour même et démontée dès le lendemain. Le traiteur aussi est confirmé, le champagne est stocké dans la cave de Nicolas et les convives ont répondu aux invitations. A minima 41 personnes seront présentes à la cérémonie ; 20 d'entre elles font partie de ma famille, les 21 autres sont des amis et l'optimisme étant le meilleur moteur de la vie, Katarina, Nicolas et moi-même avons décidé de réserver une dizaine de places en plus pour la famille de la mariée imaginant que même issue d'une grande famille cette dernière aurait peu de temps pour les convaincre de venir à son mariage organisé sur le pouce.

En attendant, les jours s'écoulent donc, paisibles et passionnels. Parfois, acceptant le code social, j'essaie d'engager une discussion plus élaborée avec Alice essayant d'en savoir plus sur ses convictions profondes, ses choix de vie, son regard sur le monde mais aussi son passé.

C'est avec une gêne mal dissimulée qu'elle évite de me répondre et détourne mon attention en m'invitant une fois de plus dans son lit. Alors je me dis qu'elle a dû souffrir, qu'il n'est pas encore temps d'aborder les sujets de fond, aussi festifs soient-ils, et me laisse berner avec plaisir par son jeu de séduction. Après tout, elle sait déjà tout, l'existence du pari, l'intérêt que je porte personnellement à ce mariage et ce qu'elle représente pour moi.

Mais le tableau n'est pas si idyllique que cela car non loin de là, l'orage gronde. Ses longs éclairs foudroient mes états d'âme de toute leur blondeur et à chaque fois qu'ils s'abattent dans mes tympans, ils embrument un peu plus mon esprit. En effet, bien que ne lui laissant que très peu la possibilité de s'exprimer, Katarina arrive à me faire passer ses messages, ne serait-ce qu'en prenant l'excuse de devoir me parler des préparatifs du mariage. Elle me connaît si bien, elle sait appuyer là où ça fait mal, si toutefois son objectif est de me faire mal, ce dont je doute fort. Elle me reproche mon éloignement, mon manque d'intérêt pour le travail qu'elle a réalisé, le manque de respect dont je fais preuve en ne rappelant pas Estelle qui ne comprend plus rien à rien à mon comportement, et qui, crise extra-amicale éludée, ne connaît heureusement pas encore l'existence d'Alice. Enfin, elle me rappelle le caractère éphémère du coup de foudre et me met en garde contre les affres de l'amour et d'une déception qu'elle pressent aussi sûre que douloureuse. Elle me demande de lui parler d'Alice et constate que je ne connais pas grand-chose d'elle, qu'elle reste discrète, peut-être trop. Ses mots sont durs, je ne sais pas s'ils sont justes, sans doute, mais ils me touchent, sûrement, car ils lui appartiennent. Il s'agit de Katarina et de son pouvoir sur moi ; elle l'aura toute sa vie. Je ne me considère pas comme étant quelqu'un de manipulable mais avec elle c'est différent.

Elle appartient à ses gens qui vous ont touché une fois si profondément que vous gardez leur empreinte émotionnelle à vie gravée au fond de vous, là où personne, ni même vous, ne pourra jamais aller la chercher. J'ai une confiance aveugle en cette amie, en cette femme. Alors je l'écoute et me demande pourquoi je devrais remettre en question un bonheur si présent, pourquoi Katarina joue-t-elle à ce jeu-là. Et si elle avait raison ? C'est le début de mes tourments.

Le début seulement car après l'orage vient la tempête. Que dis-je l'ouragan nommé Estelle.

C'est avec énergie et motivation qu'elle double ma sonnerie d'appartement de coups de main virils sur la porte. Cette fois-ci non plus, je ne pourrais pas l'éviter. Alice n'est pas avec moi fort heureusement. Estelle est excédée, elle est très en colère contre moi et me demande des explications rapides et sincères.

Elle ne comprend pas comment j'ai pu m'éloigner d'elle après tous nos derniers rapprochements, nos derniers baisers, cela même sous les yeux de ma mère. Elle me rappelle alors son douloureux passé sentimental et m'exhorte de ne pas jouer avec elle et avec ses sentiments. Oui elle a des sentiments pour moi, ils sont nobles et en pleine croissance. Après des années de déboires affectifs, elle a enfin retrouvé la chaleur de l'amour en son ventre. Elle ne l'explique pas vraiment mais elle veut aller plus loin. Elle me trouve drôle me dit-elle, gentil et passionné. Un peu trop secret parfois, voire même bizarre mais humain.

Un gamin humain qu'elle a envie de découvrir au-delà du jeu, au-delà des simples rendez-vous hebdomadaires et au-delà d'un mariage conventionnel et spectaculaire qu'elle acceptera néanmoins sans grande conviction pour me faire plaisir si je le lui demande avec honnêteté et sérieux. Plus Estelle se livre et plus je ressens en elle la tristesse l'envahir. Au fur et à mesure qu'elle perd confiance en moi et en notre avenir, elle se décompose sous l'effet du mal que je lui fais. A contrario, je ressens le bien que l'on pourrait se faire, je ressens en elle sa douce humanité, une sensibilité mise à rude épreuve et qui la rend tellement proche de moi.

Si vous souhaitez que Max honore son pari, rendez-vous au chapitre 14

Si vous souhaitez que Max perde son pari, rendez-vous au chapitre 15

Chapitre 14 : 3 MOIS ET 3 JOURS PLUS TARD, PARI TENU

C'est l'effervescence, le grand jour est enfin arrivé. Dans ma chambre je tourne en rond comme un lion en cage, j'essaie de ne pas réfléchir, c'est trop tard maintenant, il y a un temps pour tout. Je ne tarde pas à être rejoint par mes trois compères. Georges, Vince et Jean Michel sont logiquement mes témoins de mariage. A l'origine de ce pari incongru, ils auront suivi l'aventure de loin mais toujours avec un œil bienveillant sur l'avancement de la situation. Ils me félicitent pour mon parcours. Pari gagné. Ils sont contents de voir que je suis tombé réellement amoureux, qu'au-delà du jeu, je vais pouvoir donner un nouveau sens à ma vie, d'autant qu'ils sont persuadés que je ne me trompe pas en l'épousant.

Le temps de la Mairie s'est bien passé. Il faisait très chaud mais alors, il n'y a pas de passion sans chaleur. Finalement ça y est, je suis déjà son époux mais il nous faut maintenant passer devant Dieu et son digne représentant sur Terre. On ne sait jamais ce qui peut arriver : le malaise de l'Abbé, un renoncement de dernière minute de ma femme administrative, un tremblement de terre. Que sais-je encore ? Pour que la fête soit complète et mon bonheur total, il nous faut confirmer devant Lui. Une désunion céleste serait catastrophique.

Elle et moi avons choisi une petite église de province très coquette. Vous entendrez par coquette petite et mignonne, qui invite à la quiétude de ce Dimanche après-midi d'Automne. L'église me plaît beaucoup, elle est un peu comme nous une fois réunis, hors du tumulte de la vie et du temps, discrète, un peu sur le côté, et en même temps bien là, présente parmi les siens, ayant sa place au sein du monde, dans le calme et la sérénité, rassemblant autour de ses valeurs sans artifice et sans bruit, juste par la confiance qu'elle inspire et par son indicible mansuétude. L'église est pleine, nos amis et nos familles sont venus en nombre, depuis le temps qu'ils l'attendent ce mariage.

Tout le monde est beau, les gens semblent détendus, très clairement heureux d'être en ce lieu pour partager ce moment. Il y a du bonheur dans l'air. Les regards sont amis, les sourires sincères, les cœurs battent patiemment, les frissons parcourent les bras dénudés et les pensées sont au repos.

Je me tiens debout devant l'autel, bras pendants devant moi, mains croisées l'une rassurant l'autre. L'Abbé Michou m'enveloppe de sa clémence par une succession de sourires et de clins d'œil faussement dissimulés derrière ses grosses lunettes aux montures si particulières. Je l'aime bien, c'est un homme bon. Mes témoins m'entourent. Le canon de Pachelbel peut enfin retentir et c'est tout mon corps qui commence à vibrer. Je rentre en résonance avec ce que je suis, ce que j'ai été et ce que je serai à ses côtés pour le reste de mes jours. Mes épaules fragiles s'affaissent sous le poids de la mystique que recèle ce lieu en cet instant où virevoltent les violons du canon.

Alors que mes yeux cherchent amoureusement sa silhouette à l'entrée de l'église, ils croisent sur leur passage tous ceux qui ont marqué ma vie ces derniers mois. Mes amis, ma famille bien évidemment. Mais aussi Nicolas. Il est là en chair et en robe ! Il n'a pas pu s'empêcher de se faire remarquer. On dirait un paon. Il porte une robe

« japonaise », habit de lumière multicolore surmonté d'un chapeau à plumes bleues, elles-mêmes perlées de bijoux verts et roses, rappelant ainsi à toute l'assemblée que l'on trouve de tout sur internet et qu'il faut de tout et notamment des couleurs pour faire un beau mariage.

Mon regard se pose maintenant sur Estelle, qui a très gentiment accepté l'invitation. Elle est venue et sa présence me ravi. Au garde à vous pour l'entrée de la mariée, elle me dévisage essayant, sans jugement je présume, de comprendre ce qui s'est passé dans ma tête ces derniers temps. Pourquoi cela n'a finalement pas fonctionné entre nous. S'il elle trouve, elle n'y verra qu'un amour sincère, existant depuis longtemps et tout simplement endormi. Il aura fallu des provocations induites par les histoires de la vie pour le réveiller et le révéler. Il est bien là oui. Un amour à dire, un amour à vivre. Un amour qu'il ne faut plus se cacher car il a grandi, il s'est endurci et s'impose aujourd'hui de lui-même, naturellement.

Que l'acceptation est jouissante, que l'abandon est bon.

Ouverture des portes. La mariée est belle, elle s'avance aux bras de son père et je ne vois plus qu'elle. Pachelbel joue de plus en plus fort dans mes oreilles, sa composition me pénètre au plus profond de mon cerveau, j'en deviendrais sourd. Les larmes me montent jusqu'à remplir mes opercules. Ma pudeur oblige, je les retiens et mes yeux baignent dans une douce humidité, déstabilisant ma vue qui se fait maintenant trouble et voilée.

Ma sensibilité est exaspérée par l'événement que je vis hic et nunc. Les frissons envahissent mon épiderme sur toute sa surface ; le corps ne répond plus, seul mon esprit compte et tout devient si limpide. Je comprends alors qu'il s'agit là de la vraie survie, celle qui prévaut sur le corps, celle qui protège mon âme. Oui, grâce à elle je vais vivre bien entendu mais aussi survivre. Viens ma belle. Viens à moi que je t'embrasse, viens à moi que je t'épouse, viens à moi que je t'aime.

Elle est là. Je la prends par la main, nous nous tournons, nous regardons l'Abbé, nous regardons vers l'avenir. Le moment est délicieux.

Il ne se trompera pas, l'Abbé appellera la mariée par le bon prénom. Il faut dire que nous avons passé l'avant-veille plusieurs heures à tout lui expliquer. Il a dû répéter.

- Oui, dit-elle, je le veux. Je veux être ta femme Max, dans les pires comme dans les bons moments, dans la joie et la tristesse, dans le temps et dans la fidélité.

- Moi aussi je le veux bien entendu. Je t'aime et t'ai toujours aimé. Tu es mon amie, ma confidente et mon amante. Je te veux près de moi pour le reste de ma vie Katarina.

La suite vous l'imaginez. Le château est somptueux, grandiose même. Le Grand porte bien son nom. Cotillons, musiques joyeuses, ivresse, bons plats, congratulations, sourires, plaisirs et larmes de joie, bonheur, douceur, amusements en tout genre et sur la fin de soirée, cette lettre que je déchire enfin, cette lettre que je ne lirai plus car je n'en ai plus besoin :

« Mon cher Max,

Je n'ai pas voulu te décevoir. Tu es quelqu'un de gentil et la gentillesse se protège comme toute chose devenue rare de nos jours. Tu avais l'air tellement heureux, je n'ai pas eu le courage. Je dois maintenant me consacrer à ma grande folie, la construction de ma vie, celle pour laquelle j'ai travaillé si dur jusqu'à présent enchaînant petits boulots en tout genre, celle qui déterminera qui je suis. Je dois partir. Je ne te fuis pas, je ne te quitte pas, je pars juste rejoindre mon avenir.

Lorsque tu es revenu me chercher il y a quelques semaines chez M. Chan, je revenais de l'Ambassade du Congo où j'y ai obtenu mon VISA. Les orphelins de la mission Ste Sophie m'attendent à Kinshasa. Je n'ai pas à me justifier, je n'ai rien à me prouver, c'est juste ainsi que je suis faite et j'ai la chance de m'être trouvée. Je ne veux pas la rater. Tu as aussi ta chance, saisi la. Elle est ici tout près de toi, il te suffit d'ouvrir les yeux. S'il te plaît ne la rate pas.

J'ai passé de très beaux moments avec toi mais tu le sais on ne construit pas sur un coup de tête et du temps, nous n'en avons pas.

Nous, c'était une belle histoire, éphémère et puissante.

Je t'embrasse Max, pour le meilleur et pour le pire.

Alice »

Chapitre 15 : 3 MOIS ET 3 JOURS PLUS TARD, PARI PERDU

Confortablement assis sur mon canapé, je regarde la première pluie d'Automne tombée par la fenêtre de mon salon. Je prends le temps de m'arrêter quelques minutes sur ces derniers mois passés et ce pari stupide que je n'aurais finalement pas honoré. Cela fait 24h que j'ai perdu le pari. Time Over, Game Over. Aussi stupide soit-il, il aura quand même changé ma vie et nous avons tout notre temps devant nous.

Après m'avoir reproché de lui avoir fait rater « son mariage par procuration » comme il dit, Nicolas Rembrandt est retourné vaquer à ses occupations formi-événementielles dont il a seul le secret. Les rumeurs disent qu'il organise des formations de sauveteur secouriste adaptées aux femmes portant le burkini, burka et autre vêtement religieux ostentatoire. Paraît-il qu'une fois dissimulées derrière leurs tissus en tout genre, ces dernières sont très difficilement secourables... mais Nicolas adore les défis.

J'ai gardé contact avec l'Abbé Michou, nous nous reverrons bientôt en toute logique. Il s'agit juste d'une mise sur pause mais le cœur est toujours présent et bien décidé, en accord avec la raison dira-t-on.

Comme elle a interrompu ma vie pour lui donner un nouveau départ, elle interrompt maintenant mes pensées lorsqu'elle me rejoint avec deux bières à la main, m'en tend une et vient se blottir sous mon bras. Toujours ces gouttes qui tombent inlassablement, sans hésitation. Le temps n'est pourtant pas à la nostalgie, ni à une quelconque mélancolie.

Nous sommes tellement heureux de nous être trouvés. Les grandes eaux cascadant par la fenêtre aidant, je dirais même que nous baignons dans le bonheur. Nous avons décidé de nous marier mais nous souhaitons prendre notre temps. Nous ne sommes plus des enfants et nous ne voulons pas franchir le pas pour d'enfantines raisons aussi douces soient-elles. Je l'ai attrapée, c'est un bien précieux que je ne veux pas galvauder malgré toute la pression que je peux ressentir de l'extérieur.

Ma mère par exemple.

Elle est compréhensive mais il a tout de même fallu que je lui explique pourquoi ma future femme ne ressemblait pas à celle que je lui avais présentée quelques jours plus tôt. « Un vrai gamin » m'a-t-elle dit, « tu ne changeras jamais, mais c'est aussi pour cela que je t'aimerai toujours, l'essentiel est que tu sois heureux aujourd'hui et tu m'en as tout l'air ».

Estelle est devenue mon amie. Nous avons longuement parlé et nous sommes entendus sur le fait que je ne serai pas le prochain à la faire souffrir. Elle n'est sans doute pas encore prête à se lancer dans une nouvelle histoire sérieuse et encore moins à se faire passer la bague au doigt. Elle veut profiter de son célibat, non pas pour s'amuser n'importe comment avec n'importe qui mais pour se retrouver avec elle-même, histoire de faire plus ample connaissance avec ce qu'elle est vraiment.

Plus tard, dans les mois qui viennent, elle m'appellera et me dira qu'elle quitte la France pour s'installer en Floride. Ses bijoux ont beaucoup de succès. Ils ont beaucoup plu à une créatrice de mode américaine en vacances à Paris qui a trouvé quelque chose d'à la fois solaire et unique dans son œuvre, « so great ». Amanda (c'est comme cela qu'elle la nomme) cherche une « work partner » pour parfaire ses propres créations et créer une gamme deux en un : « un bijou pour une robe ». Estelle est heureuse.

Son passé est maintenant derrière elle pour de bon, son avenir se construit lui permettant ainsi de vivre tranquillement son présent.

Ma bien-aimée ronronne et se tortille tendrement sous mon bras. Elle me regarde et me dit qu'elle est fatiguée, qu'elle va se coucher.

- « Vas-y ma chérie, je te rejoins » lui dis-je en lui posant un baiser sur son front.

Je profite de ces quelques minutes de solitude physique pour ressortir une dernière fois la lettre que j'ai déjà trop lue :

« Mon cher Max,

Je te croyais sincère lorsque tu es revenu me chercher il y a quelques semaines dans la boutique de M. Chan. D'abord prudente, je me suis laissée convaincre par la force de tes sentiments. Je ne t'ai rien dit car c'est mon histoire à moi seule mais ce jour-là je revenais de l'agence de voyage d'en face avec un billet pour Delhi, l'appel de l'Ashram, un besoin personnel de solitude salvatrice, réconciliatrice. C'est donc avec l'insouciance et l'espoir d'une adolescente qu'après avoir déchiré mon aller simple, je suis tombée dans tes bras avant de finir dans ton lit. Je suis montée très haut avec toi, peut-être même au-dessus des nuages.

Et puis j'ai compris. Je ne voulais pas que tu aies à choisir. Tu l'aurais choisi elle sans aucun doute, cela fait déjà 20 ans que tu l'as choisie. Pire, tu m'aurais choisi par défaut n'osant pas affronter les responsabilités d'un amour presque utopique et inespéré. Je ne veux pas laisser passer le temps et que les sentiments encore volages deviennent trop lourds, je ne veux pas être la numéro deux, personne ne voudrait l'être.

Tu sais les femmes sont plus fortes que vous pour prendre des décisions. Je préfère partir, je vous laisse à votre bonheur à construire.

Sois heureux mon amour, mon ami.

Alice »

Une boulette de papier franchement lancée dans la poubelle et trois mots pour décrire le futur :

« J'arrive Katarina ».